浮云散去，方闻情香

NO MORE THAN BONES

扶心 ◎ 著

当代世界出版社

图书在版编目（CIP）数据

嚼情 / 扶心著. —北京：当代世界出版社，2017.10
ISBN 978-7-5090-1276-5

Ⅰ.①嚼… Ⅱ.①扶… Ⅲ.①散文集—中国—当代 Ⅳ.①I267

中国版本图书馆CIP数据核字（2017）第243759号

书　　名：	嚼情
出版发行：	当代世界出版社
地　　址：	北京市复兴路4号（100860）
网　　址：	http：//www.worldpress.org.cn
编务电话：	（010）83908456
发行电话：	（010）83908409
	（010）83908455
	（010）83908377
	（010）83908423（邮购）
	（010）83908410（传真）
经　　销：	全国新华书店
印　　刷：	北京天宇万达印刷有限公司
开　　本：	880毫米×1230毫米　1/32
印　　张：	8
字　　数：	130千字
版　　次：	2017年10月第1版
印　　次：	2017年10月第1次
书　　号：	ISBN 978-7-5090-1276-5
定　　价：	45.00元

如发现印装质量问题，请与承印厂联系调换。
版权所有，翻印必究；未经许可，不得转载！

扶心

小黄和桂花

你迷路时像林奕含，孤寂时像木心。

你会在特定的时刻遇见和需要艺术。

你是人，亦是艺人。

我不想艺人迷路，也不想艺人孤寂。

我是谁？我是个印象。

嚼
情

目录

序　你存在,在我的风月里　　　　　　　　　　/ 001

辑一　自我

1　纯净　　　　　　　　　　　　　　　　　/ 005
2　当年绣花　　　　　　　　　　　　　　　/ 007
3　想念,复读的岁月　　　　　　　　　　　/ 013
4　愿得一人心,白首不相离　　　　　　　　/ 018
5　流光容易把人抛　　　　　　　　　　　　/ 021
6　从前慢　　　　　　　　　　　　　　　　/ 025
7　雨巷,花香　　　　　　　　　　　　　　/ 027
8　纸条里的那些年　　　　　　　　　　　　/ 029
9　不幸的浪漫　　　　　　　　　　　　　　/ 036

辑二 故乡

10　人来人往　　　　　　　　　　　　　　/ 043
11　我就是想停下来，看看何处是乡关　　　/ 047
12　遇见可知而未知的你　　　　　　　　　/ 057
13　秘密　　　　　　　　　　　　　　　　/ 060
14　毕业，让我送送你们吧　　　　　　　　/ 062

辑三 情关

15　眉目　　　　　　　　　　　　　　　　/ 075
16　心中的爱与怕　　　　　　　　　　　　/ 077
17　枉凝眉　　　　　　　　　　　　　　　/ 081
18　如果我爱你　　　　　　　　　　　　　/ 083
19　颓废　　　　　　　　　　　　　　　　/ 087
20　我纷纷的情欲　　　　　　　　　　　　/ 090
21　风　　　　　　　　　　　　　　　　　/ 093
22　芊芊　　　　　　　　　　　　　　　　/ 097
23　我就是想停下来，好好看看你　　　　　/ 099
24　我为什么没考研　　　　　　　　　　　/ 108
25　请你捂嘴笑　　　　　　　　　　　　　/ 112
26　乡村孩子们能欣赏的未来　　　　　　　/ 114

27	风月	/ 120
28	写给路人的情书	/ 125
29	我的大学生活	/ 129
30	八都游记	/ 141
31	伐木	/ 146
32	青原山游记	/ 147

辑四　人世

33	以一个和谐的姿态同世界微笑	/ 155
34	苟且偷生	/ 158
35	店中窥人	/ 160
36	十亩之间	/ 163
37	我就是想停下来，好好写写字	/ 165
38	苍茫	/ 168
39	绿花	/ 169
40	镜花	/ 173
41	想想，谢谢	/ 175
42	各自的朝圣路	/ 178
43	在这个美好的世界里，追名逐利	/ 181

辑五　生死

44	从前的从前	/ 187
45	奔三路上的彷徨	/ 191
46	向前走，终会收获惊喜	/ 194
47	遇见一个不愚人的故事	/ 196
48	在虚空的每天里寻找自我的存在	/ 201
49	绑架	/ 205
50	卿	/ 209
51	火柴天堂	/ 210
52	存在，就是幸福	/ 214
53	修短随化，死生亦大矣	/ 220
54	活在自己创造的生命状态里	/ 225

后记　　　　　　　　　　　　　　　/ 233

― 序 ―
你存在，在我的风月里

文艺，就像是情人，它趁虚而入，撒娇着，在我的青春。

它也像一位管家，诚诚恳恳，领我窥见藏在他家院子里的珍珠。

诚然，它更像是一个骗子，无辜地欺骗着我，放逐我：在无意义之中，寻找意义。

面对世界的纷繁和个人的渺小，孩童时的自己，内心是怯弱的。

为了稀释和安抚这份对于虚空的畏惧，随之，竟是滋生了审美的需求。在美中，人是快乐的，忘我的。

紧随其后的，是在探究世界的必然过程里，观天地，观世人。日渐，于各类作品中，找自省的镜子，找旅途的靠垫，后来才知道，他们统称为：艺术。

逐渐地发现，每个人虽有着不同的经历，却都有着相通的心性。世间万物，各有它的生存本领，也有着它内在的灵性与美好，以及由此构成的独特存在。

然而，时代，像是一只巨兽，古往今来，它吞没了太多的人。

尼采说：在自己的身上，克服这个时代。

福楼拜则说得更仔细：艺术广大已极，足以占有一个人。

木心，听信了，先是雇人挑了书、电唱机、画画工具，走上莫干山，再是干脆定居在了纽约，敢写《诗经演》，能讲述出《文学回忆录》。

扶心，没全信，仍是行走在平凡生活的日常里，夹杂着几丝文艺的执念，边走边刻录，终归是出来了这么一本《嚼情》。

跌撞时，多是散文；欢喜时，常是诗歌。

记录的，是人生的跌撞与欢喜；雕刻的，是时代的美丑与善恶。

时代，多少可以被克服；而艺术，则是同哲学、宗教般，如梦。

如果说宗教和哲学都是在解释世界，那么也只剩下艺术，是在美化世界。

你以为你不爱艺术，兴许是你没到那一个时间点。

你以为你爱的是艺术，其实那又只是一片虚无。

在虚实之间，名利与艺术，孰虚孰实，又怎能辩得清。无非是各有所爱，无非是各得其所，乃至是相互交融。世界虚空，谋生之余，总要挑几样无意义的事物，当作意义，当作情趣。由此，生出美。越小众，越美好。美，即是快乐。

而我，愿能随着你的翻看，如管家般，伴你照见藏在平凡里的美好，也陪你，找寻散落在平凡里的存在。耐看的，是往事，亦是流年。

世间有太多的往事生香，而这一段，这一本，此时此刻，遇见你。

流年里这本书，存在；流年里的扶心，和翻书的你，也都存在。

一本小书，一段风月，一场文艺，一个你。

存在，就是幸福。

嚼情

辑一

自我

I 纯净

喜欢那个年幼的雨天
放学后回家的路上蹒跚
他的牵伴

喜欢小时候的自己
把认真涂鸦的信纸
执着地塞进木雕的鸽子口中
让它告诉爸爸
我的手受了点伤,想念爸爸回家看望我

喜欢和小伙伴们
传递一毛钱的喜悦
分享泡沫果和冰袋的美味
诉说便宜的幸福

喜欢青涩的夜里

晚自习后偷偷溜回家
九个同村的伙伴踩着碎步,推骑着自行车
高调地学唱着那一曲曲本该低调的情歌

喜欢吃饭的时候
轻轻地踩在她的鞋上
然后浅问:可不可以?

喜欢,那树,那影,那人
还有
那纯净

2 当年绣花

越爱美的人,越难忘记往事。

往事就像电影,也像高粱酒。

往,而不来,貌似是诸人在成长路上遭遇的青春情事的显著特点。

逐渐得知你离开的事实,却从不肯告知离开的原因。只好在文字的世界里,试着记录,一个简约的经历:你,路过了这里,帮到了我成长。

那些散发着夏花香味的旧时光,总在绵长的光景里,萦绕,发酵。

只是牵过两回你的手,碰过一次你的发,但这些年,终究是由你助澜的挣扎,让我渐渐看懂了感情,也让我从幼稚走到懂事。

从最早的被推到你身前,与你遇见,到觉得对方好,也做了些为对方好的事,也想把对方放在心上;可最终,败给了只有那一个月里那仅仅几天时间的交集。好人难遇,带点欣赏,带点心疼,想留住却因为根基不深,留不住吧。

看当年,好像情深,其实,太刻意去证明痴情,证明心中自以为是的情爱罢了。像是演爱情电影,总把自己当明星,总以为自己有很多观众,于是更想演出深厚的感情给观众看,给对手演员看,演来演去，真心累。

如今逐渐懂，真正的感情，不炫耀，不刻意，在最自然的平凡里溢出来的，才是真实。

这些年，我们虽保持联系，关系也挺好，但其实你总不愿吐露你自己。

你有着很好看的容貌和很美的笑。看似很开朗，讲话很真实，但你却逃避去敞开你自己，只很久之后的一次，你激动地和我讲，你的心事。

事情，都过去了。很想把你当个亲近朋友，好好处；但其实挺怕，你习惯了别人予以你的追求，习惯了别人主动找你，你潜意识里，其实却还把现在的我也放了追逐你的位置。

已经，没有谁在追寻谁了。有一段曾经，不容易。偶尔我还会主动找你说事，但你也该更主动一些了。

有些记忆，定格了，就在那里了。只是，走出来了，境遇不同了，理智地看自己，看过往，才看清了，当年心事的真实。

我试图记录什么，化作来世的说书人，用当年的乡音，今日的角度。

那个七夕，花满天涯，曾经，写信，笑你身旁，车如流水，马如龙。

也曾用十天心思，将故事成文，手写两万字的记忆录。现在回看，人太痴，情太假，演得太用力。笔记里是真感情，现实中，更像是戏。

越是用力，越不是爱。可当时，不承认，苦了年华。

当年觉得，写的文字，是为你；如今回看，终究为的，只是自己。

以爱你之名，爱了自己，却拼命去证明；也恰巧，走进了心灵的篱栅，划伤了自己。

本来无情事，怂恿惹尘埃。

犹记得，起笔给你写第一封信，是在遇见你后的第三天夜里。

犹记得，遇见你，是在第一次高考结束后的那个下午。

可是，记忆渐远，唯独一起走过一次的街角弄堂，也难能回去了。

记得，与你相遇是下午，当天晚上我们交集的朋友考完都在网吧，你发现我没开机上网，那时已是十一点，我们开始了聊天，十二点彼此便又进去陪朋友。那晚你有心事，所以恰好既很能聊，也很能听，彼此相熟很快。

记得，第二天清晨，你和朋友们离开时，我有点不舍，因为你，的确优秀。

记得，听朋友们的建议，隔了几天，给你写到好晚的第一封信。

记得，再去你学校找你时，给你的那张用纸巾写的便笺。

记得，我跑，你们骑，偶尔回头看看坐在自行车上的你们两个。

记得，溜冰场外，我走了表白的形式，却生硬得，字不成句。

记得，有一次瞎逛县城周围，那些我们之前不曾走过的宅院和巷道。

记得，在购物广场吃饭时，轻踩你的脚，这是破天荒的一次温情。

记得，随你一起去你同学家时，你给的第一封回信，以及穿你的脱鞋走开去看信的羞涩。

记得，每次告别时，彼此都不能牵一下手，而只是拉一下勾。

记得，几次见面，总坐在河边那棵树下，而每次见，总有人和你一起来。

记得，只敢玩你的头发，曾经笑你，年少，白了青丝，却依然，如此美丽。

记得，在你家的屋顶，好晚时的风，安静地听你和你堂姐讲，你们的童年。

记得，再忙再累时，亦坚持，为你折的千纸鹤，以为能坚持折满一千只，就是很爱一个人。

记得，有时见面，你在网吧，让我过去，守在你身旁，看你上网聊着天，偶尔和我聊。

记得，坐过一次你骑的自行车，帮你打伞，安静地看你，这么近，那么远。

记得，你爸妈去工作了，你自己下厨，做给我，那道菜。

记得，那天清晨，你门前池塘洗衣时，水中，清丽的容颜。

记得，我喜欢沙洲的美，在那里，你教了我，抛石子。

记得，龙泉公园里，你拿着你心爱的雨伞，笑着去测，那池水，有多深。

记得，我要去樟树市复读时，你说可以让我牵手，我有些抽噎，有些颤抖。

记得，我去复读之后，你也会挤出时间给我写信，寄信。

记得，收到你寄来的围巾时，很高兴，带点兴奋。

记得，只在周六晚上，我会去公话亭，你也时常会和我讲电话。

记得，偶尔撕掉复读时刚发下来的英语试卷不做，帮你写你大学的作业。

记得，曾经学着电视剧情，追着你乘坐的去往你学校的长途车，跟在后面跑一段。

记得，把你发来的一部分短信，手抄在了专门的本子里。手机没了，纸张还在，一段简单的念想。

记得，别人在难得的假期出去玩或是约会时，我有时候一个人留在教室，给你写信。

记得，曾经领略过的，你眼底的温柔。但后来瞟见这份同样的温柔，不是我的独属，心也曾泛起微痛。

记得，看你帮你室友剪指甲，觉得很有爱。主动叫你也帮我剪了那一次。越少察觉你的温情，便越是刻意地想去感受。

记得，一起逛夜市时，你和室友一起买的情侣装，你室友把男装给了我。仅是街上的路人见了，笑着点评了你我这套衣服很搭，你便立刻穿起外套来遮。

记得，不带手机，跑去你所在的偌大的城市，刻意证明对你的勇敢。

记得，你们一起逛街那晚，帮你提东西，拿错了衣服，问你答应后，帮你洗了的那件红色花格衬衫。

记得，想挽留，为你制作的音乐电影，记录着与你相关的经历。

记得，和你一起听的那堂课，一起坐的，那趟车。

你总是说，你自己，大大咧咧。但那么多的人，却在你这儿排着队等你。你大概，也曾受过伤，只是，你不缺疗伤药罢了。

人，都是有感情的。哪怕渐渐察觉，也许在对方心底，根本就没自己，但终究不甘心。

拼命去证明，证明了那么久，到头来，虽明白其实是假，但，总变得，亦真亦假。

要彻底走出来，真的需要挣扎，需要时间。

只是挺怕，怕自己性情偏向于独特，怕没人理解，怕还是只会遇到好人，却遇不到能有真正适配自己的人。

而你不坏，恰是优秀的好女孩，也正因此，才徘徊太久。

徘徊里，疼痛中，慢慢看清楚：太刻意了，不是幸福，而是，美得有点苦。

偶尔会很喜欢花痴般地笑着说：我又看到美女了。

但，那一切，只是路过，她们有她们的故事。没有过多交集的人，很容易过目即忘。

而你，因为彼此关注过，入了心，刻下了痕。

我想，很难再有谁，从你的世界走过，给你留下几万文字，记录一些，曾经陪你经历的旅程。

你是一个很好很好的女孩，彼此不适合以爱情的姿态相处罢了。

太多赞美的言语和祝愿，只会是浮云。经历了的人，自会明白。

遇见时，其实已经不年少，但我也感谢，我们却依旧，演了那一个，小小的青春故事。

我们相聚的次数，其实很少，然这些年心里的挣扎、停留与旁观，让我逐渐懂得了该如何看待感情，也看懂了更多人和事，渐渐知道，自己该以一个什么姿态同这个世界打交道。

每个人的成长，其实都是自己给的；但谢谢你，把酒相送，送了我这一程。

那些年华，那些歌，简单的快乐，谢谢你。

你的青春，妩媚了我，当年的回眸。

于是，我用文字，写意，你的故事。

轻声地笑，笑你：花香满衣。

也笑自己：绣花虽好，不闻香。

3　想念，复读的岁月

人，对于极大的快乐，能记住的往往是梗概。

对于挫折，人能记住的，往往是全貌，是细节。

阴差阳错地，我有过复读的曾经。经常在这些大的岔路口，被捉弄着。

真正决定复读，是在那一年七月二十八日；去到复读，是在那一年的七月二十九日。

选择了一个离家乡很远，离省城很近的地方——樟树。

只是简单地想，离开那些熟悉的环境，熟悉的人物，去到一个很少有人认识我的地方，安静地重来。

由于车速较慢的缘故，初到樟树，天色已渐渐暗淡。同行的，有招生老师，也就是后来的语文老师，加上当时认识的和不认识的同学们。

车途上的心情，可想而知，是复杂的，百感交集。最理性的人，或许那一刻，也在感性的世界里沉浸。

曾经,都辉煌过;曾经,都冲刺过。会有勇气选择复读的人,心里,基本都是藏了太多对命运弄人的不甘心。

但是，复读，通常是一场豪赌。谁都无法预言，上苍是不是还会再一次，跟自己开玩笑，演一出闹剧。谁也不能肯定，自己能否真的足够坚忍，熬过这段即将来临的铁定会苦涩的年华。

记得，刚下长途车时，我负责替同学们从车厢中卸下行李，当发现他们每个人都已经拎到了各自的箱包时，我们让司机开车走离。悲剧了的是，过后才意识到，自己的衣物和书箱一直留在车内。而夜色中，只知道那趟车，下一站，是省城。慌乱中，快马加鞭地叫了辆车，有惊无险地，在当晚，取回了自己的行李。

进到校园，借着柔和的光，或许是因为累了的缘故，总觉得那条路，清幽之中又有故事，是我喜欢的格调。

适当收拾整理寝室的内务后，被安排去到了教室。室内的教学配置，相比原先高三的学校，算是投入了更多。

见到了复读时带班的班主任，当时，他身穿一件质感较厚的红色棉衬衣，不是很高，但很平和，这是他留给我的第一印象。

当时还没分班，全省许多市县那晚先到的一百来人聚在一间教室，有种面面相觑的感觉。也听不清老班说了些什么，只看见随后就开始领书本。当晚结识了第一个临时的同桌，他是畲族人。

领完书后，人生地不熟，大家都没过多地瞎逛，于是都回了宿舍。最开始的那位宿舍管理员，是位有些岁数的阿姨。由于是刚到这一个城市，一个校园，许多事都还不了解，所以会听听那位阿姨聊她对这里每年一批的复读生的复读生活的感触。她送了盆花，说让我好好的养护。记不清花名了，只记得，人跟人之间，能以这种送花地方式相处，这感觉挺好。

渐渐地，或者说，自然而然的，接受了自己已是一个复读生的事实，走入了一个复读生该有的心境。即便很累，很苦，这也是注定要经历的磨炼。

认识第一个樟树本地的同学，是在第一天的晚自习，因为有着很多相似的经历，彼此又都喜欢文字，聊得很合拍，遇见这样的朋友，诚然欢喜。

到樟树复读，就没带手机了，只是随身带着那些手抄的老同学老朋友们的电话号码。每周一次地去到公话亭，往家里打电话，有时也打给同学朋友。

复读的第十七天，给还在家乡的她打了个电话，聊了五个小时，晚饭因此没吃成。然后她写了第三封来信。原本七天可到的，却等了一个来月。复读期间，也曾和其他一些朋友都有书信往来，随着课业逐渐忙起来了，后期也就停止了邮寄。

记得，栽到复读的第一个星期，我接近发狂式的，完成了那套厚厚的英语复习资料上二百来页的练习，解决了六十几页的数学题。

考试接踵而来，试卷铺天盖地，这是每一个复读生都有的体会。一部分的人，面色变得不再红润，替之以枯黄。

在那段日子里，我终究是撕碎了一部分我宁愿不要的试卷。心里一烦乱，就立马想两件事：去信箱里找信，那是我复读时特奏效的安神剂；或者干脆找来利用价值不高的课余试卷，撕掉一些，像是撕的是压力。但不管怎样，复读这一年我完成的练习总量，竟是胜过原先高中三年的累计。

要解闷时，寝室是个好去处，但即便如此，还是有很多室友，用书卷把寝室整得不是教室，胜似教室。而我想，那些室友，或许不会忘记，那段逝去的岁月里，我弄来一小音响，偶尔在宿舍给大家播放些清淡的歌曲，舒缓下充满紧迫感的氛围。

复读开始后的几个星期，班里开始选班委。为了这一天，我准备了一个来星期。可真当那一天来临，则是第一次切身经历地域偏见，或者叫地区保护。因为是去到别人的城市复读，从最初的不被看好，到竞选演讲结束大家的认可，这也让我增添了一份信心，对美好人性的信心，也是对付出就有回报的信心。复读生活，也因为这一系列信心的叠加，不断增添着自己的努力和勇敢。

逐渐，认识了些当地的朋友，怀念晚自习过后一起在操场唱歌，一起跑步的那段岁月。在那里，也结交了一位笔友。怀念，是那个晚自习课间的雨夜，在校园内相逢，两人都正好蹲在同一棵树下，各自玩着被雨水打落的，凄美的泡桐花，幽幽的，忧忧的。

也曾想念，与那位数学思维很强的同学，时常在学习上，彼此羡慕，互帮互助。

也会想起，高考"百日誓狮"大会上，和朋友一起约好的努力拼搏。

也记得，和上铺的一路随行，有心事时，彼此相互的解码。

还记得，那群女同学的疯狂，偷偷溜掉下午的课，在滑冰场，释放心里因复读而生的种种压力。

记得，被一位同学彻头彻尾误解后的那一次强装若无其事的离开教室，去到操场在上铺面前的泪如雨下。

也曾想念不带手机去到省城找故人的那份勇气。但那座城，终究不是庐陵。

也曾怀念校园外的那家餐厅里，那两位对我挺照顾的老板夫妇。

记得复读之后那场高考结束那天，下着好大的雨，走出考场，而我，硬是拉着平时陪伴自己跑步和唱歌的兄台，说不要撑伞，一路上我发疯似的，唱他教我的歌，给他听。

也常想念，复读结束离开樟树时的那天午后，笔友送走我后，仍在街角，那凝望的眼神。

然而，满心满眼浸满往事的时节，往往也是不安于现状的时候吧。

此刻的大学里，生活看似丰富，却不再有这种老城市里旧弄堂般的韵味。

也清楚，每条路，每个经历，都是不同人的风景。

有些人喜欢淡妆浓抹，有些人喜欢古色古香，在每一个当下，各有各的喜爱。而随着当下渐远，远成了往事，你的风流往事也好，我的浅浅心事也罢，都将化作对今朝已成过往的日久弥香的怀念，夹杂着不同的夏花香味罢了。

只是，越往前走，那些歌声萦绕的记忆，越是挺想念。

复读这一年，这些属于同学朋友老师们送我的岁月，我一直留着。

每次想起来，这些经历在记忆里摇曳着，就像那一树的泡桐花。

起风时，吹落涟漪三朵，推开想念的年华，怀念着时光的味道。

4　愿得一人心，白首不相离

命犯桃花，不知是谁曾为我算的那一卦。

青衫落寞，不知剩谁，会在静好的时光里面，读我的存在。

不敢太听，承诺。不敢太信，誓言。君与妾的磐石蒲苇之约，若不是写进了诗歌里，谁人又怎敢，信以为真。

总认为，心底的相爱相惜，应深沉；日常的相伴相处，应简单。

告白，有时，仅是成了一种试探，在自己尚未明确自己是否恋上对方之前便试探对方，是否会选择自己。"是则进，非则退"的思想，衍生一门汇聚青春气息的哲学。

相信，时间，可以考验情感，或加深，或疏远。

而青春里更多时候，往往是后者居多。古有少年不知愁滋味，如今却也，领略了忧伤。然仔细想想，人生故事，无非都是聚散一场，好像一部电影一出戏，一旦开演，总会结束。想通了，便不喜，也不忧。

美丽的情，一旦肤浅，诚然教人倦弃。可，"只缘感君一回顾，使我思君暮与朝"的诗行里，同是一面缘的浅薄，却有着一份心悸，一份矜持，一份守望。喜欢，这样的爱恋。

身边，是时候，需要一个人了。

如席慕蓉的诗,"如何让我遇见你,在我最美丽的时刻"。

如果可以,我愿,和你相遇,在莲花绽开的清池;或是,芳草萋萋的沙洲;或是,在微笑着抬头的光景里。

"初见惊艳,再见依然。"所有往事,都作相逢一笑,只留下初见时的惊艳,以一种空白的心情彼此展露笑颜。

愿遇见,如此一个你,在喜欢玩耍、喜欢聊天的外表里,懂得爱与被爱,有着温暖的内心。

愿遇见,如此一个你,是一个讲求真实的女子,在你的身上,不会有装出来的矫揉造作。

愿遇见,如此一个你,肯在日常的细节里,以实际行为处处会为他人和它物着想,连陌生人也能感受到你的亲切和有心。

愿遇见,如此一个你,浅淡的着装和灵巧的笑颜里,展露着一份清新的气质,只在初见,便想向你讲述,我们未老的前缘。

愿遇见,如此一个你,在大方、得体和与人为善的处事风格里,透出你内心的优雅。

愿遇见,如此一个你,喜欢音乐,把音乐融入了自己的世界,散发出夏花的味道。

愿遇见,如此一个你,有思想,同时不能太深刻,你的世界,应当是少去太多世事的纷争,格调简单、无瑕。

为了遇见,我的相思,在江南发芽,结出一个腼腆含羞的梦,从此蔓延,无边,也无际。

冷浮萍,暗孤汀,梦中梦未醒,一点相思泪成冰。

我愿,以一株青梅的形象,守候在你必经的路旁。

等你,在江南的烟雨里。

若与你遇见，打心里想为你做的，很多很多；能够为你做的，尽量去做。牵手了，这一生，便只为你拼搏，为你闯荡。

会听你听过的歌，读你写过的字，走你走过的路，在意你在意的人。

谨愿得一个你，和你一起，养一个小小的花园，栽下你喜欢的草木。

和你一起，去到江河湖海边，放出漂流瓶，守护着不说出口的约定。

和你一起，每月腾出一些专门的时间，抛开世俗的纷纷扰扰，为周边陌生的或熟悉的人，做些乐事。

和你一起，去你想去的城，看那些向往的温暖景致。

和你一起，在夜凉如水的星空下，为你新沏一杯花茶。

可，前世相伴的那个你，今生在哪里？

点了一晚暖黄的烛光，也推开着那黑夜里的窗，当是给你引路。

我在等你来，絮叨彼此的前缘，更是等你，绣绘这一生的图卷。

5　流光容易把人抛

写文字，总在深夜里。

木格雕花的窗子外，是蝉肆意的鸣，品一杯沏好的茶，关一盏灯，对着屏幕，敲着自己不知下一句会是何的文字。

很野、很乱的心，或许，会在文字的世界里，找到一个归宿，沉淀，直至，归于宁静，看着岁月，慢慢老。

但，自始至终，难逃尘世的喧嚣。小时候喜欢的句子，如今还是喜欢；小时候相伴的人物，如今还是挂念；小时候去过的巷道，如今还会走走。

感慨相应而生：要在大时代，守住小自己，有时，也真是难。

骑行在龙泉，这座城市。想起，那些年月，我们都曾经年少。

因为年轻，快乐跟伤心，都像是在演戏。

待到成长，理智之后，一切的情缘，又终是不愿想，不能想，不敢想；一切的因由，也终是猜不透，看不出，理不清。

不愧是，水性江南。你若路过，很多美丽的事物，美丽的场景，都能在这里遇见，许你爱慕，至心，至真；但，不一定许你带走，至美，至痛。

或许，有些美丽，美在，浑然天成，你若闯入，便，坏了那份意境。

生死相许又如何，退一步，天蓝海阔。

总相信，天，是倒过来的海。在海边久留，心，也常会跟着阔。江南的水，是有灵性的，像极了，江南的女子。情至深处，又何须理会此情何情、此爱何爱，入了心的人，自会懂得。紧随其后，才有，爱的最高境界，也许是：不占有。

即便相互陪伴在一起的人，理想的姿态，或许也合适是舒婷的《致橡树》里写到的：我必须是你近旁的一株木棉，作为树的形象和你站在一起。仿佛永远分离，却又终身相依。

看开了些，看明白了些，也就不敢太念旧了。多多少少，仍是想念着，那些走过的路，那些过往了的人物，还有那些，在彼此的心里，从不曾离去的朋友。

也许，爱回忆、爱怀旧的人，都是重感情的人。但，恋上回忆和怀旧，在另一个角度上，也意味着，没有很大的勇气去面对未知的未来。

前些日子，在县城广场遇见一张曾经熟悉的脸庞，是小学时的一位同学，只是如今步入社会之后，有些许沧桑。做着装潢工作之余，为了生计，也在炎炎夏日里做起了搭载乘客的生意。

每次的假期，都会腾出一次的时间，去到曾经久留过的地方走走，这次也不例外。感觉，这样子的话，可以于其中，捡回几个曾经的故事，想起一些曾经的心情。那些校园旁，诸多的小学、初中的同学已成家；相见时，发自内心的欢喜，可实际上，这时候，难得有很多的共同语言。

鉴于此，我只愿是一场浅淡的路过，发自心底感谢曾经在同一片校园里一起有过的记忆，也真心地希望他们过得好。愿望，很多都是虚幻的，但也是美好的，或许，也正是因此，我们才会有很多人都喜欢许愿。

那些曾经只是点头之交的朋友，再如何重感情的人，虽然心底会在乎、会希望可以有更深的话题和更多的故事，可若干年后，也只能选择渐渐地变得更淡，若相逢，留一笑。

然而，岁月已逝，大浪淘沙，仍是有一些很久以前结识的朋友，一直都在。或，在身边；或，在心里。能忘的，比如，曾经同班而当初便很少相互交流因而缺少了解的朋友；而难忘的，比如曾经坐自己后桌且总爱用笔故意涂抹我衣服的那调皮女孩，曾经一起掏心窝的室友还有同桌，曾经一起争名次的书生们，以及曾经每天早上等着对方一起去上学的小人儿。

忘与不忘，也许，不在于临近分离的时刻，才在毕业的同学录留言簿里，从其他地方抄来千万句没有自己感情的来自别人家的抒情句子，或是套路似的写下"勿忘我"；而是在于，曾经在一起的日子里，是否真心关注过彼此，是否给过对方小小的触动，是否称得上是丰富了对方的过往。

同时，朋友有远近，我长期相处的朋友，相比可以用数据来衡量的知识与金钱，我会比较在乎人们身上难以用数据来衡量的性情。

有往来的朋友，气味不一定要相投，各有各的审美，各有各的风格。从不同的风格里走出来，优雅也好，粗犷也行，朴实也罢，皆是好性情。

兴许，时间如浪，记忆如沙。白天的人来人往过后，夜深人静时，安然地回忆往事，淘洗出那些虽历久，却依然清新的画面和人物，用来温暖心里有些受潮的角落，这或许便是原先的自己喜爱怀旧的缘由所在。

可，念旧，固然情深，但也虚妄。朝前走，才是正道。

本心本性这东西，不承认，也得面对；终究，得承认。

这世界，人声鼎沸，吵吵嚷嚷。

错了风格，会丢了自己。

6　从前慢

从前的时光，过得很慢
那时候，用竹片燃烧的火把
能够照亮去外婆邻家晚餐后
回家的路

从前的时光，过得很慢
那时候的太阳，懒洋洋的
打着地铺，在永远也晒不到的竹席上
吃着零食，爬也爬不完的夏天

从前的时光，过得很慢
听着爷爷，讲那年轻的盛况
讲啊讲啊，摇啊摇啊
爷爷的故事，停也停不下来

从前的时光，过得很慢

慢慢地农耕，慢慢地迷藏
藏着藏着，抓出一篇篇千街万巷的小故事

小时候遇见的人啊
在不同的地方奔忙
各自长不大
夹藏在书页里，弥漫在拆信间

7　雨巷，花香

不是很深的夜，不是很凉的风。

像是一场旅行，一次朝圣，我抵达，你那里。冷香的橘黄，又如那年六月，那一年的灯光。

运动场上，或行或走的，或人或事，三三两两。事情都聊开去了，疑惑也都清澈了。我们终究没在一起，这是，四年的时光，写下的以前的憾事。而算起来，我们也不再执念于要在一起，这则是，四年的时光，雕刻的现今的类似圆满。

而万事，太圆满了，则失去了那份所谓的朦胧美。所幸，你的来龙，我的去脉，彼此算来知晓得模糊。就让这些，成为，小巷中的谜。

年月都已成过往，许我，将荷叶轻折，将故事打包，夹在，亘古的诗篇里。你翻看啊，一〇年夏至，那花香满衣的青春，在水一方。

今后，当书童们读起那蒹葭苍苍的词句，或许也夹杂了这段往事的味道。而那妩媚了的今世的回眸，那么美，美中带着一点不安，那是篇章里遗落的诗意。

可，从此，在江南的一蓑烟雨里，身世浮沉，雨打萍。我不再只如你初见时的清新，也不再像先前，像莲花那般的高傲。

变得如此的冷静，冷静得，有那么一些冷。异常地爱古典，古典得，有那么一些固执。你看啊，正是江南好风景，如果路过，就来看看我，陪我，喝喝南方的茶。

像是一段神话，一场焚香。旧时光走了，故事里的人，也就渐渐走了。做了好长时间的说书人，也做了好长时间的看客，逐渐才明白，各有各的故事，各有各的伤悲。

为了记住，抑或是，为了祭奠。那些七言律下矜持的愁，那些草成的诗赋，那些手写的书信，都像是环环相扣的锁，没留住情感，却是囚禁了自己。

明知旧人已走，而自己，在很长的这段时间里，却活在念念不忘的旧事里。这又是何苦呢。

时至今日方才清醒，故事完结。别了，给你发信息。

信息发出去的刹那，屈蹲着身子，抱着自己，舒心地，释怀。

疑虑，往事，没询问和诉说的必要了。感情这东西，经常是没有答案的，有时候就得认。不认，苦的是后知后觉的那一个。

花了三年，终究接受了这一个事实：结束了，早已结束了。

三年里，一些音乐，萦绕了百千遍。偶然再遇见这些旋律，还是喜欢。喜欢，又能如何呢。逐渐，要回归到自己的梦想与爱好。丢了的，与爱无关的其他好东西，我要一件一件，慢慢找回。

青石板再美，也该转身了。江南下起的细雨里，绣花也飘香。

都说，情深，不寿。

简单了，以后。

8　纸条里的那些年

回来在家乡，两个月的时间，走走停停，想念起很多过去的事。

就快返校了。这次暑假，见了些老朋友，然而，还是有很多先前很好的朋友现在一直在联系但很久没见过面了。

这两天没事时去了几次屋子的楼上，之前的课本和买的课外书也都很整齐的摆放在那里，原先整理过几次，但这次看，还是有一些灰尘，于是，动了整理一下这些书的念头。

晚上，在自己的房间里拆了几封原先和笔友们写的信看，越是感觉到，之前经历的往事和心情很难得。但是如果不翻看这些信，很多当初的细节很难回忆起来。

挺害怕随着时间的走远，自己会慢慢忘记很多原先经历过的事情和感受，这种对记忆流失的畏惧，总是让我内心惶恐。

于是，慢慢地，觉得，除了这些信件和这些日记之外，应该要寻找到一种更好的方式，记录走过的这一段青涩的年月，还原当年的真实。

好在，一直有保存各种纸条的习惯。

这样一来，先前在教室里和前后桌聊天的这些传来传去的纸条，无疑是用来记录曾经那些成长故事的最生动、最原味的写真。

仿佛，日记是一部正史；而这些当年那些私下的折纸，以及在老师们眼皮底下残存的小纸条，则是一部纯天然的野史，时隔多年后读起来，之前说过的傻傻的话、之前做过的傻傻的事，跃然在这些小纸上，一蹦、一跳，那么生动。

一个用纸折的钱包，把记忆带回到了小时候。记得当时放学的时候会在回家路上的田边拔一种叫蛇舌草的草药，有时会跟爷爷奶奶一起上山去割那种海金沙晒粉，这种粉比较贵，也比较难得。山上还有一种名叫"黄龟子"的药材，有时一斤卖一元多，有时只卖几毛钱。慢慢地，存到的钱，会用来买自行车，有时也会拿出一部分来交学费。

小学一二年级当时做的练习题，是不允许用圆珠笔来写的，规定只能用铅笔。而儿时的心态就是，越是禁止用圆珠笔，越是想尝试看一下圆珠笔是不是特别好玩。担心学校里和学校旁边的文具店都是老师们家里的人开的，因此不敢去买，怕被罚。记得最后，几个扶姓的人儿凑了一伙，带着一股新鲜劲，会在午休时间走一段挺长的路去到中学旁，捡那里扔掉的圆珠笔芯，有几次因为这事下午迟到了，还被一位老师给罚站教室外。

保留的，还有六年级毕业考试那次的准考证。因为那大概是属于自己的第一张带了"证"字的证，当时觉得挺新鲜，就保留了下来。记得六年级时的语文老师让班里很多人爱上了汉语的美，而数学老师则教得很有特色，上数学课就像在开晚会，而且又还很擅长启迪学生。每次上她的课，大家都愿意在课前十分钟把桌子摆成开晚会的样子，围成一圈。讲台上、桌子上、桌子下、门外，随便坐，随便站，随便躺，气氛特别好。

这几天都在整理东西，还发现很多报社寄过来的信。初中时在学校的作文竞赛总是能拿到奖，然后参加县里的也拿了几次奖，当时心里面有一点觉得自己的写作也还算行，加上是感兴趣，然后就开始很认真给一些杂志投稿。我本来是想发表些文章，赚点稿费，杂志社们却想要我先交会员费。从此，也就不再这样投稿了，只是一直保持着写文字的习惯，觉得通过文字来记录，等到翻看和回首往事时，散发出来的，都会是历历在目的清香。

到了初中，有些同学已经开始写情书。而自己觉得顶楼班上有一个女生很好看，当时初一，还不知道喜欢一个女生就可以去追，然后竟然就一直默默地看啊看，看了她整整三年。当时发现班里一个同学有一张信纸背面的明星画特别像我喜欢看的那个女生，硬是花了好几天时间，软磨硬泡，终于拿到了那张信纸。最后一年里，打听到她大概会去读那种类似于提前录取然后有指标当老师的师范院校，也竟然有点想不读了，跟着她去。毕业前就未曾有过联系，毕业后更是失了联系。不知道那位女生现在在哪里，偶尔想念。美在一个印象吧。

书箱里另外躺着的，是从学校在发寒暑假作业书时发的杂志里裁下来的两页纸，那篇文章的标题是《交笔友的利与弊》，可能也是从那时候开始，慢慢思考起了交笔友的事。真正意义上的笔友，整体算是有三位。他们三个，带领自己领略了太多细微的情感体验。偶尔觉得，人与人之间有一种很强的自我保护意识，随处可见的是不自觉的封闭与冷漠，陌生人之间很难感觉被爱，即便熟人之间也很难做到无私；而也是通过与他们的书信交往以及偶尔的交谈，才逐渐深入地体会了人与人之间的情谊，感知着人的内心，顺便也锻炼着自己的文字。这些信件，都一直很整齐的保存着，直到现在，差不多每次回来在家都翻一两封看。青涩的光阴，难得留下着这些记录。

还有一张纸条，上面是一个名字。可能也是和前后桌他们几个，课间的时候还讨论过将来自己的孩子的名字。他们的字条都自己留着了，而这里只保存到了一张自己的。时隔多年看来，竟也仍是觉得纸上的那个名字挺好看，挺好听。

初中时还留下了很多写得很满的数学课外作业本。记得最开始接触代数的头几天一直不开窍，不明白"代数"是什么意思，为什么数学好像跟英语搭上边了。后来同学们好像天天中午轮流着被钳去他办公室做题，而自己当时是数学课代表，所以也经常在下午被老师钳去房间，做的题目一堆又一堆，到最后慢慢培养我们记题目的能力，看一遍之后要把题目背下来并做出来，回想起来，这大概是初中数学入门时扎马步一般的好办法。回头看很小时候的天资，觉得自己多少也算是还可以的，但随着接触的人越来越多，会发现，这世上有很多比你更聪明更努力的人，很多时候，进步是逼出来的。

高中时参加语文作文竞赛时的草稿提纲也保存下来了。那会儿也完成了一本小说，花了整整高二那一年的课余时间构思和动笔，最后出来六万字左右，当时觉得挺有成就感，现在看来，更值得庆幸的是拥有这样一个过程，一个认定了一件事就会认真去做，不为任何目的，只因为自己有这样的想法，就去践行哪怕会花费一整年的时间也觉得值得的这一完整过程。

保留的，也有曾经收到的几份特殊的贺卡礼物。其中一位同桌送的最是特别和淳朴。那是在一次圣诞时，我笑着对他说自己没收到礼物，他便撕下一页作业本的纸张，写上："祝你圣诞快乐，学习进步，天天快乐"，然后，签着名字。而印象最深的礼物要属笔友落叶轻飘送的风铃，很美，很精致。最初收到时以为她是在精品店买来的，虽然觉得挺好看，但并不觉得有什么珍藏意义，所以并没很开心；后来隔了几天，仔细看才发现，原来每一个细节都是手工制作。问她，才知道，是她用一个月的课余时间亲自做出来的一个风铃。如今，一个木箱子专门放着原先自己的那些日记、信件、散文、樟树的记忆，而对这一个风铃，一直都腾有一个专门的席位。

保留下来的纸条中的一个大类，是跟音乐相关，留下来的写着歌名的字条就有二三十张。有些是传出去让班里班外的同学推荐写的，更多则是在几乎每个周日的下午，自己专门花两个三小时在网上看别人的推荐，然后逐一记录，试听，下载。

跟高三时的同桌也传过很多的纸条。有一张，写的是："剩下的四十三天，希望与你共享。希望能够彼此打气，互相激励，只为那未圆的梦，加油吧！知道不，我很需要你，需要你的鼓励。好了，别扯了，把忧郁收起，努力拼搏吧。"记得有很长一段时间自己怕玩手机耽误时间，就让同桌把手机锁在她寝室里。毕业后有一次，去到桥下，沿着河边，和同桌几个人一起，聊着天、玩着水，甚至唱起了歌儿。那天的光影简单，那时的心情，却令自己留念。

保存最多的纸条，是和英语相关。那些英语读物翻开来，本本都是回忆，很多纸条也更是记录了自己英语学习的一些过程。初一时的英语老师用红色笔写的那张"持之以恒，必成大器"是当时的自己收到的最好的赞赏；最初学的两首英文歌是一位漂亮的女老师教的，歌词也都留着；保留的还有参加那些英语能力竞赛的准考证、试题、和拿到的证书；也留下了一张折旧了的写着很多电话号码的纸，竟是一些同学们偶尔需要给发英语考试的答案。高中几年，特别感谢的，是老班，是他，鼓励和促成了我在高中办了一年多的英语角，给大家讲解英语学习的思维与乐趣，也锻炼着自己的表达与勇敢。

高考结束之后，做得最癫狂的事，要算发家教传单了，几百份都是自己手写的，打着英国的广播电台的旗号，小的传单直接发，还做了大的张贴在县城几个人流量大的地方。那时候竟然不知道可以去打印，现在都还剩下了几十张，装在一个袋子里。想起那年夏天的自己，多少像是青苹果。

记得也是在那年五六月快高考的时候，周末，在学校前门买水果时，发现那户人家的女孩，很难得一见到就感觉喜欢，喜欢她的那种宁静、活泼、真实，但感觉她还略缺我要的感觉，但也是因此，只选择了一直远远观望，没去跟她认识。不管怎样，那个女生是自己建立起自己后来会喜欢的女孩的印象的模型。

七月，挣扎了几天，是该复读，还是直接去读一个差一点的学校。考虑到自己的高考发挥不是一般的失误，那份不甘心驱使着自己狠下心来复读。现在都还留着在家乡私立学校拿到的复读协议、在母校尝试着听的一个星期的复读课、在第一中学看的教寝印象，最后选择的，是去了之前没到过也不知道方位的樟树市，这是第一次出远门。

在樟树的记忆特别丰富，纸条也是那个时候最多。在那里，是第一次鼓起勇气竞选班长，认识的复读生和应届生也都很多。那时候，有写过两张纸条贴在自己的桌上，先是关于上海外国语大学的一张，再是关于自己要改善的性格弱点的一张。在樟树,很喜欢的是和家乡一伙人周末去逛街、逛公园、玩桌球,有次也一起去了滑冰。一些已经上了大学的同学也偶尔会来到这儿看望我们,课堂之余的生活也算是还可以。

在樟树也有交笔友和写信。复读时表面轻松,内心的压力则很大。有时候想想,如果没有这个笔友和这些信件,真不敢想象复读一年能够像现在这样熬过来,熬出这样一份小小的情怀。

可是如今,这些经历,都在逐渐走远,逐渐被岁月掩盖。

停下时间,回头看,才发现,那些年,正青春。

而那些纸条,记录着的,是我青涩的成长。

感谢,那些经历。

想起来,微微的甜,微微的酸。

也像一杯酒,在年华的流逝里,荡漾出她的芬芳和香醇。

9　不幸的浪漫

想写下些文字，当成纸钱，烧给那些感情，喂给我的成长。
喂饱了动物，再，扔出去喂植物。
于是，开始敲字。

◇◆

因为知道自己很差，所以我一直在奔忙。

过去，我曾特别柔弱。学前班时，下雨了，放学回家，没带伞，跑回家时，我总是那群小伙伴里最弱的两个之一，追不上他们，偶尔掉在水地里，还需他们搀扶。后来小学了，学校组织活动，要上山割柴草，很重，而我总是男生里挑得最少的。

此刻，我改了，我变了。因为知道原先哪些是缺点，所以我在改，而且咬着牙改，逐渐改过来了。虽然表面看着还像是柔弱，但体力和耐力可能已经超过了大部分的同龄人。

过去，我曾特别犹豫。去买件衣服挑来挑去能挑一整天，价钱觉得老板开得太高可又碍于面子还不敢跟人家老板把价钱还得太低，然后磨磨蹭蹭；关于去复读选在哪会比较好这样个问题想来想去，颠三倒四，说好听点是"权衡利益得失"，说不好听点那是"畏手畏脚，优柔寡断"。

此刻，我改了，我变了。因为知道原先哪些是缺点，所以我在改，而且咬着牙改，逐渐改过来了。我开始清楚什么东西更适合我，懂得了凡事利弊共存，我学会了抓重点，学会了把问题想简单，学会了基本的舍与得。

过去，我曾特别像个女生。小时候主要都是和邻居或者亲戚里的女生玩在一起，进了学校坐一起的同桌前后桌也大部分刚好又是女生，耳濡目染，然后穿衣打扮和想法举止都多少透着女孩的风格；另外，加上身体较为单薄，偶尔被别人欺负了，也有很多的男同学朋友会帮助自己，如此一来，傻傻的觉得，弱一点也还好，可以一直有很多人疼爱。

此刻，我改了，我变了。因为知道原先哪些是缺点，所以我在改，而且咬着牙改，逐渐改过来了。原先的我还以为把女性的柔美给照搬地放在男性身上就是所谓的优雅，而其实旁观者是很容易看明白的，但真正会帮着指点出来的却是极少数。感谢那些，能在我享受着缺点，自己却不知道那些是缺点的时候，给我指出来的人。

过去，我曾特别地爱幻想。很多想法都不切实际，很多事物都希望它是百分之百，很多时候把自己藏在了另外一个主观构想的世界，而且内心有一种孤傲，很多时候一件事没做完就想着做下一件事，目标太高太大。

此刻，我改了，我变了。因为知道原先哪些是缺点，所以我在改，而且咬着牙改，逐渐改过来了。我开始理智地对待现实中的人和事，也认清了自己几斤几两，多少也略懂了世态人情，更是开始走出了自己的世界，开始真正关注朋友，关注有温度的来往和各种能力锻炼；最重要的是，我学会了踏踏实实做事，认真做着一件一件看似零散的实则朝着同一个目标的那些事，享受着过程的艰辛，忙而不乱，稳中有序。

过去，我曾特别害羞。碰上需要上台发言时，紧张得要命；跟不太亲密的女生说个话，碰个眼神，面红耳赤；很多事缩手缩脚，想做又不敢做，记得小学时，一群小伙伴一起放学回家，他们都跑进田地里去掰折农民们一两根甘蔗，说实话自己也想去折，但又害怕去，因此只在那里帮他们拿着书包，他们弄来的也没愿意接受，最终是自己在旁边田埂上捡几根农民们扔掉的坏了的甘蔗带回家，想着让母亲给种到土里，然后第二年就有自己种的甘蔗吃了。母亲为此特别欣慰，第二天就特意跑去给自己买回了特别多的甘蔗。回头想想，有些欣慰，也有些傻。在面对可有可无的贪念时，也许，心安本身，已是福报。

此刻，我改了，我变了。因为知道原先哪些是缺点，所以我在改，而且咬着牙改，逐渐改过来了。上台讲话，抖得没原先厉害了；跟女生讲话，也可以不那么害羞了，也明白，原先的腼腆，多多少少还留下着印记，也许，这样子也不坏。

时间，的确是个好东西。

好多缺点，只要你发现了，或是有人给你指出来了，只要你咬咬牙，坚持熬下去，就一定能够慢慢改过来，变得自然。

我多少能体会到，我眼中的自然，偶尔还是旁人眼中的不自然；但或许，何必事事去跟别人的价值观过分的相似呢，多少保留自己的菱角，也才算自己的独特存在。真要是把一切都磨平了，本我都不知去哪里找了。

　　这篇文章，这些话，写来，原本是要说那些感情事的。但懂得，每个人都不傻，女生则更加。所以，在改进缺点的道路上，我只能，马不停蹄，因为我比常人，差了的、慢了的，远远不是一小步。

　　我知道我一直在成长，只是尚没有定型，我身上还有很多的缺点，但是孺子可教，改正之后，世界会有一个全新的我，和你们重新遇见。

　　而，世间很多事，就像是做一单生意。

　　把优点摆一点出来，顾客笑了；把缺点放一点出来，店家哭了。

　　在每个常人身上，通常是优点比缺点多，也是因此，初次见面，人们会放大更多的优点，遮住更多的缺点。人生难得只如初见，大概就是这个理。

　　我希望在我还不够完好，还有这么些缺陷的时候，遇见性格合适、彼此坦诚的，愿意彼此接受和共同成长的人。

　　我挺怕今后会看不清楚。很多人都一层保护色，我怕看不清喜欢彼此的，究竟是什么，品性、相貌、才识，还是金钱、地位。

　　我认为，最好的感情，不应当是一开始就遇见最合适的人，而是遇见一个会让自己动心的、相互欣赏的，同时也带着点瑕疵的人，而最值得珍惜和感恩的爱人，就应当是那个真心喜欢你这个人，并且能帮着你进步、优秀，在日常的琐事里磨合出欢乐的那个人。

　　时间会让人发现，很多人的浪漫，是给你一时的欢乐，或者一两月，或者一两年；而我相信，一个可能最初看似有些所谓的木讷的人，慢慢处，时间长了，你会发现，也会感激，这样的人能够带给你的，更可能会是长久的乐趣。

我知道，只要我认真走下去，向前走，终将会收获惊喜，终究会遇见合适的陪伴。但是我终究不太希望等哪一天自己倘若足够走运、足够优秀了，才遇见合适的人。

我在杂草堆里，但我会让你看到，我是一棵树苗。

你浇不浇水，我都有办法会成长，但我希望，浇水的，是你。

遇见了，就欢喜；错过了，也感激。

一切经历，都是修为，都值得，都感谢。

嚼情

辑二 故乡

10　人来人往

这些天，都在下雨。

冬天的雨，冰冰的。打在脸上，阵阵的凉意。

路上行人，三三两两，有一些，彼此走得很近，言语平和，透着温暖；有一些，彼此隔着距离，谈笑生风。

也许，每个人的内心，都有几处角落，像这天气一样，觉得冷，需要关怀。然而，当行走在人群里，能看见的是，人人都尽可能地掩饰内心里的荒凉，脸上透着底气不足的从容，脚上强学着成熟的步调，却在水地里，留下稚气尚存的足迹。

正值周末。有的人去了省城，参加考试，淡定的，不淡定的；有的人，从学校的北区来到南区，想找朋友，不知找谁；有的人，做着兼职，主持、家教、服务员、发单员，或者礼仪站队。

有的人，藏躲在教室里，准备着考研，或者公务员、教师资格证，又或者四、六级；有的，耗在电话、短信，或者网络上，诉说着，只能你知我知的落寞；还有的，窝在寝室，或者游戏、淘宝，或者电影，或者看点书；也有的，在会堂里，被安排成观众，观看那些多少也能有熏陶作用的表演。

人来人往，其实，多多少少，互相羡慕。

游戏的，羡慕看书的；看书的，羡慕兼职赚钱的；兼职的，羡慕躺在被窝的；贪睡的，羡慕在外面牵手的；牵手的，羡慕在赛场上驰骋的。

从这点来看，很多人内心深处的自卑感，其实都纯属多余。

如果能够分辨出自己真正已经拥有什么和想要的是什么，那么真心不必过度地羡慕别人拥有什么。

实体的东西，会来，同样，也会离你而去，比如钱财，比如美女。

虚拟的东西，会来，同样，也会离你而去，比如地位，比如感情。

功名利禄这些东西，就像是衣裳，如果想要，可以穿穿，但是脏了的时候，要及时脱下，拿去洗洗。不然，得病的，是自己。

有些人和物，用了心，不一定能得到；不用心，也可能反会有人守着空城等你。

这世间的得到与失去，很多时候，会是这样，说不清，道不明。如果硬是寻根究底，苦了的，只会是自己的内心。

很多事情的来龙去脉，或许真的，不必看得太明白。所以说，难得糊涂。

再看看此时，冬日的校园，依然有很多美丽的景致。

校园梧桐的叶，黄了，落了，老食堂前的那条林荫道，因此有了种萧瑟的美。

湖心亭的木芙蓉，也面若傅粉，染红了那一段遗忘了采撷的梦。

只是，冷冬来了，路过的我们，忙着赶路，忘了欣赏。

而每条路，走过了，都留下故事。

温暖的，总是那些剪烛西窗的往事。

厚重的，也总是那些陈年的老友。

仔细回想，我们的世界，后知后觉，有人就进来了；认真看，身边又有那么一些人，不知不觉，开溜了。

不知道下一个转角会遇见谁，会有怎样的对白；也不知道下一个路口会错过谁，会有怎样的酸楚。

不刻意，不强求吧。

也正是这些遇见，这些离开，每时每刻，都带给着我们新的故事。日复一日，年复一年，越堆积，越丰富。

世间的人事，存在，就已经是幸福；参差多态，那就更该庆幸。

我们喜欢在白天凑在有别人的闹市里，晚间归隐在自己的田园。

可以说，每个人的内心深处，都缺乏一种安全感。

我们总喜欢留下照片，收集照片，纪念那些我们曾参加过的晚会，曾经肩并肩的人儿，曾经拥有的欢笑。

这一切，很大的用处，只为向自己证明，我们都是有着丰富的过去。

看着那些被定格的过去，我们内心觉得踏实，同时，又有着怀旧的温暖。

这时候，我们试图回到过去，去找好久没联系的旧时的好友，去到过去待过的地方，想捡拾当年的味道，和被回忆美化的快乐。

却发现，人来人往，回不去了。或许，不应该去见被回忆美化的人和事，去见了，回忆就没了。

如果真舍不得，平时就该常相叙。

有回忆让我们显得有底蕴，但那些只是成长的一个阶段。抱着回忆过日子，只会苦了自己。当曾经亲密的旧友硬是要离开，适当拉拉吧，尽五分力挽回，其余由他吧；如果真走了，哪怕像是被残冷的吸灵，也仿如只是那年失忆而已。

人潮挤挤，随时都有人来到我们周边，我们也随时扮演着别人的过客。

对你好的人慢慢会变淡，对你坏的人也慢慢会走开，这一切都很正常。人来或人去，很多时候，真没有什么道理可讲。

我的世界，很宽容。人海中的你，可以想来就来，可以想走就走。但是，来了，请别轻易走；走了，请别轻易来。

你来，我珍惜你；你走，我目送你。

虽然，没有几个人会一直陪你走到最后；但每一段路，都有人陪我们在走。珍惜，这些眼前人，感谢，这些遇见。也感谢，那一些遇见之后的，消失不见。

聚散离合，人来人往，就像是一场旅行。

走在这趟旅行里，在向前走就已经是修为，用了心，就是朝圣。

11　我就是想停下来，看看何处是乡关

每次回到故乡，总喜欢观察那些此刻还少不更事的小孩。

总觉得他们的玩乐里，缺少太多我们这个年纪的人当年的乐趣。

十几二十年的时间，似乎却隔开了一代又一代人的成长。

或许，贫穷的年代，给了人更多贴近本心本性的幸福，而那些年的记忆，也带着泥土和花树的味道，更接近自然本身。

人，越长大，越远离陪伴自己成长的土地和面孔，就越缺乏一种归属感。

因为缺乏，所以不断地在寻找。

透过之前的那些人，那些事，那些地方，我想告诉自己，乡关何处是。

小时候，村里的旧碾米厂还没倒塌。每次家里要去碾米，总会叫上自己，扛着五六斤左右的稻谷，屁颠屁颠地跟去。听着嗡嗡的声响，看着皮带带动机器，稻谷被碾成米，总觉得特别神奇。

后来慢慢跟爷爷奶奶出去田间拔一种叫蛇舌草的草药，有时也上山采海金沙晒粉，等到收药材的小商贩来了，这些便都可以换成儿时的零用钱。

长到六七岁时，一些小孩慢慢地都要开始替家里放牛。每次听那些放牛的孩子回来之后讲他们放牛过程当中的经历，总是艳羡地想去亲身体验一番。那些他们放牛时烤毛豆、牛走失了之后整晚辛苦找牛的盛况，我只能眼巴巴地听着他们讲述，悔不能亲身经历。像那句话说的，没有在午夜梦回哭过的人没有资格谈人生；大概，没有真正意义上放过牛的乡下孩子，不足以谈童年。

每到大年初一，总会起来很早，然后去给村子里的人拜年。那时候很勤快，也不太懂得新年初一那天串门意味什么，家里人说了让自己去拜年，自己就会每家每户地跑，全村大概七十几户姓扶的人家都会跑遍。那时候，村里的每个角落，每个人，都认识。有些觉得，那些年头，人与人之间更亲近。

过年的时候，总有一群孩子，喜欢在村子里空旷的地方，把旧的脸盘或水桶盖在地面，用大爆竹将它们炸飞；胆大些的，甚至敢把炮竹放进小瓶子里，尖叫声之后，是一地的碎渣。想想那时候的追求，是那么简单，但那份快乐，却也同样直达了心底。

年幼时还喜欢玩玻璃珠。在学校玩，回到村里也玩，而且有各种不同的玩法。那时候，买一毛钱的袋装零食，每包里面会有几颗珠子。珠子也有优劣之分，大家都喜欢的玻璃珠是里面没有任何花纹、纯透明的那种。有些赢得多的人，有几百颗了，还会开始卖珠子。

一些时候，和几个同龄的朋友还喜欢去河对面村庄的沙滩里，挑扁平的石头借势扔出去，在水面偶尔能漂到十几下。记得曾有一次难得伙伴们一起在那里放过风筝，还被树挂过。几个小人们也曾在那岸边爬树，烧火。木子树结果实的时候，能给平淡的生活增添更多的乐趣，那时总会一伙人跑到山上，采摘方言里叫作"茶苞"

和"茶耳"的果实，寻找和争抢的过程，好不热闹。

　　小时候在村子里的很多乐趣，还来源于学自行车。还记得刚买自行车的时候，整天各种跌倒都不怕，硬是要学会骑车，先是学踩半拍，再是学踩全拍。有次骑快了，心里一急，忘了怎么刹车，直接把自行车冲进了家门前的大水塘，而好在自己往后跳在了岸边的路面上。骑车之余，一伙人也玩看相和捉迷藏的游戏。想起当时，有些人为了不被找到，也愿意躲到猪圈牛棚里面，家里的大人们也都不会责怪。

　　印象深刻的事，或许莫过于在野外捡鸭蛋了。当时很多人家喜欢将鸭子放养，早上赶出去，下午赶回来。而我们这群吃饱没事干的小孩，就经常会整天跟在鸭子们屁股后面找乐趣，也就是盼着它们下蛋。那时候会想尽办法让鸭子们早点吃饱，有时还会追着鸭子们跑，故意让它们跑累了就让它们休息，心想着它们饱了累了歇下来之后就会下蛋。有时甚至认为只要追着它们跑，跑累了它们的蛋会自动掉出来。偶尔，还真能捡到蛋壳还很柔软的蛋。可不管怎样，正是经过这些摸索，后来慢慢有了经验，懂得了大概在什么时间，什么条件下，鸭子容易下蛋，收获有时也因此颇丰。

　　小时候没现在这么多的电脑游戏，很多人只是手里握着一个十元左右的简单的游戏机。后来慢慢出现了连接电视机的游戏机，有次村里的几个小伙伴想玩通宵，那时陪他们玩到晚上十点左右，跟家里说好不回去，就在他们身边躺下睡了，而等到第二天早上醒来，他们基本才刚躺下。虽然自己对玩游戏没多少兴趣，但是喜欢一伙一起长大的人一直在一起的感觉，好像谁都不会真的老去，一如当时，那么年少，那么清闲。

那些年，很多户人家都还是黑白电视机，渐渐地才有了彩电。最初电视节目还好少，记得家里的电视也就三个台。当时很多的小孩都喜欢聚到一户人家，好像是他家那时就经常租来各种光盘，主要是赌神、警匪、武侠这些。后来慢慢发现另一户人家的电视信号会"漏"出来，他家放的光盘我们临近的几家都能通过电视信号接收过来，记得那时还特别兴奋地在自己家里看到了一两部他们家正在播放的影片。再后来，由于我们这些小孩子口风不严，他家便重新检查了信号发射，想看时又只能每天晚上直接去他家了。

还记得前些年读高中时，寒假在家，下着很大的雪，几个小伙伴难得又聚到了一块。那天一起去逛街，雪太深，骑不了车，于是几个人一起走路。他们都穿的是适合搭配衣服的运动鞋，而唯独自己，看着雪深，选择穿了高筒的雨靴。中途遇见一段彻底被山上融化的雪水囤积的路，十几米都是水路，过不去，赤脚又太冷。这时候，自己穿的雨靴发挥作用了，一个个地把他们背过去。小时候都是有人欺负自己，或者自己遇到什么困难时，他们帮着自己，而这一次，觉得自己好像慢慢在长大了，有些事也慢慢该自己应付了，一些自己能处理的事，也该反哺之恩地帮助原先会照顾自己的那些同伴了。

除去小村庄，对于家乡，很多的念想也是弥漫在母亲的老家那边。

日暮乡关何处是，烟波江上使人愁。

有很多的诗句写故乡，而乡关何处是，未尝不是在小时候的外婆家。印象深刻的是小时候能看到那里的人们到了晚上夜行点的火光，用的不是手电灯，而是靠燃烧芦苇，有时候也用经过特殊浸泡过的竹片。

小时候也不太愿意在外面住，那时被劝着住下，经常就是整晚整晚地哭。而记得有一次，大舅舅整晚抱着自己，逗自己玩，很耐心地哄了一整晚。感谢，那些娘家人。

当时听说去外婆家的路有四十里，那在几岁小孩眼中，无疑遥远的极限。知道翻过外婆家后院那座大山还有更远的地方，但心里却觉得，那地方不关我什么事，貌似就不能算作我眼中的世界。

那时候常和表哥表弟表姐表妹几个人玩在一起。时常在外婆家那边玩水枪、打水仗。那边的水是清澈的，潺潺的，特别幽静。而当时的外婆家都还住在老屋，那是一栋大到能住几十人的连体房子，同村很多的近亲都世代住在里面。特别记得那间屋子有个天井，天井和大厅之间是由一个圆形的木制雕花的窗户隔开，想来就像大观园里的场景，特别地好看。

很怀念大舅舅家菜园里的那棵无花果。小时候吃过最特别的果子就属它了。那时候，总感觉，没吃到棉花桃就不算真正意义地去了趟外婆家。可惜几年前那棵树不在了，外公外婆也不在了，难能找回当初的味。

在外婆家那边，有两年专门大家一起拍过照。那时候大家都还很穷，可能是哪个早些出去工作了的表哥弄了台相机回来，听说能够照相了，特别新鲜，也特别兴奋。有次是专门跑到外婆家那边的溪流里，大家一起，挤在一块，站在溪流中间的石块和水间，画面定格。另一次是在油菜花田里，金灿灿的，除了油菜花，还有笑脸。遗憾的是后来不知道这些照片去了哪里，但闲下来时我终究要尽力去寻找，谁让它记录着一段乡关往事。

故乡在我心里的沉淀，再有一个重要的场所，就是学校。

进学校之前，家里人已经开始教自己一些简单的写字和算术。

记得当时好胜心很强，很多村里人喜欢逗小孩子玩，一来自己家就喜欢考自己算术，每次自己都尽力最快从脑子里蹦出答案。

最初上幼儿班是在五六岁左右。按当时县里的规定，自己离允许上学的年龄还差半岁，但那招生的老师刚好跑来自己家摆点招生，自己听到关于上学的事之后，哭着喊着要去读书，哪管它什么年龄没到。起初那老师担心年龄小，读不进去书，于是急着让那位老师临场出考题，就这样过了老师的关，同时也交了一点类似于择校费，最后终于让进了学堂。

那时的学前班还特别简陋，但却留下了很多怀念的往事。当时是走路上学，一伙人通常是一路上都在玩石头玩草木，然后导致总是迟到，于是轮流着编迟到的借口。渐渐地，老师都知道我们这伙姓扶的小屁孩们哪天迟到会使用哪一个借口了。记得当时算术和识字学得很好，唯独花了很长的时间才把拼音给理解了。回头看，感谢那段日子学拼音入门时的吃力，极大地帮助到了后来的英语学习。

转到小学读书后，起先遇见的是一位头发白了的老师。她是一位特别可亲、可敬的老师，拼音也教得特别好，多么希望她如今还在。而数学老师，则特别地严。当时一年级，多多少少也会比拼成绩，记得当时是和一位班长比得特厉害，而课后，也是和他玩得最好。有次一个高年级的同学而且还是同村，没事竟跑来欺负我，那时打架习惯是用拳头打拳头，看谁拳头硬，当时才一年级的那班长竟然帮着把那个没事找事的人打哭了。

在亲戚里，对自己最亲切的，算是小姨了，从小也特别黏她。而小姨结婚，大概刚好是自己上一年级那时，当时母亲亲自去学校帮自己请好了假，让自己去参加小姨的婚礼。自己心里很想去，可是又不肯离开课堂，最后还是选择了继续听课。这事，竟然是如今和家人聊天时才想起来的。怀念当时那份求知欲，偶尔也追悔没能参加小姨的婚礼。几年之后见到那位老师，则总被她聊起和称赞这件事。

最初几年上学每次早晨有位姓扶的小伙伴都会很早的过来我家等自己一起去学校，很怀念那些夜色尚未晕开的清晨。后来自己慢慢也起来更早了，有时候是等他，有时是去另一个村庄等另外一位伙伴。刚开始学英语那会儿，白雾迷蒙的早晨，自己时常也会一个人一边行走在上学的路上，一边特别开心和自觉地在脑海里构思着西方国家的日常场景，背着英语的单词，改编着英文对话，不知道前路在哪里，但内心满是宁静。

也记得略显尴尬的一件事，是二年级左右时候，有次做操做到体转运动，因为在和站我身后的那同学打闹着玩，所以经常转到后面之后就不往回转了。清楚地记得当时只因为这事，就被拉出去罚跪，而且跪在旗杆下，被全校人围观。当时强忍着不哭，倔强地跪了，散会之后跑回教室，伏在桌上把脸埋了起来，大批同学都过来给以安慰。感觉身边的同学们都是理解自己的，心里也就释怀了。

当时在学校还要打扫包干区，班里分到的区域是要负责清扫白杨树的叶子。每天扫，每天又掉叶子，后来干脆一伙人把那些树的叶子一次性全扒了，导致全体被拉去挨批，但也偷着乐，毕竟，以后就不需要天天去扫地，被耽误的早读时间终于又回来了。

小学那时候大家都常在中午去正副两班长家，因为他俩爱玩，学习也挺好，家离学校也不远。班里有个比较高大的同学，大概是比较少人和他玩在一起，而我会和他有往来。记得他对自己挺好，几次让自己去他家吃饭,还说两家是亲戚,可每次我回家问自己的家人,都不知道有这家亲戚,现在也没弄懂是不是亲戚关系,真觉得他是在骗我,但那些年他的确是会挺仗义地照顾着自己。

放学回家印象深刻的事,莫过于看村里有两位兄弟的各种炫技了。记得他们用铁丝和火柴可以自己动手制作出火力特别猛的枪支,当时羡慕到五体投地。另外他们很会骑自行车,能够骑普通的自行车时只骑一个后轮,骑出杂技演员那样的感觉。再者就是他们两擅长的撑竿跳,拿着根长长的竹竿,一撑,一跳,在空中滑过弧线,大概可以跳到几米开外,想想都危险。那时候,对他们两,只能膜拜。

当时小孩子们喜欢打架,有些常客,经常一放学就从学校一路打到村口,越打下去,加入的人数越多。他们打架经常在田里,滚来滚去,上坵滚到下坵,有些田地之间的高度差有一两米,也就那样扑通一声下去。有时打到了河边,险些要滚下河了,就彼此松手,一起去附近挑选新的空地,直接再战。而每次自己都可以不用加入,静静观战,同时又瞎着急,负责的事项是,帮他们打架的两群人拿书包,拿衣服,从学校拿到家里,一拿就是一大堆。

几乎不去冒犯人,可是一位村里的小伙伴由于天天被别人欺负,竟然跑来惹我,找我打架。啥事也没有就来推我,一下没注意一只脚被推着踩进了泥塘里,弄脏了鞋。那会儿还是学生时代,特怕脏,一被弄脏,来了火气,但也还是尽力憋住了,和他说:你不再出手的话,我今天尚且饶了你。可他,偏偏不知趣。其实自己当时曾一直在家里练习打沙包,有力气,但没跟人打过架,真正怎么出手其实都没底。周围叫喊声一片,全是支持我的,有种得道者多助的感觉。最终还是打了,很快地把他掀倒在地,觉得打架没意义,就没摧残他,看他没法挣扎起来，就跟他讲打架的坏处，劝他今后要怎么做怎么做，像是老师在给学生上思想政治课，几分钟后，问他今后还敢不敢，就放了他。反是身边那些看热闹的人们，后来又接着教训他。感觉那么多人打他真不好，于是劝散了围殴他的那些同学。想想，那算是自己读书年代的唯一的一次"被"打架。之后的岁月，有人欺负自己，他也会帮着自己了。而如今的他，每次遇见，都会和自己有礼的打招呼和聊天。

六年级时，还没住宿，初中则住宿了，但都经常一伙人一起回家。有时候同村这些男生总会想出各种方式一路上都吓唬我玩，而村里那些女生常常会帮着自己避免被吓。有时候走夜路回家时，大家偶尔也会一起扯着嗓子地哼着小曲，唱着歌儿。

而更低年级的回家时，一伙人则经常喜欢从别人的田中间抄近道，偶尔也玩人家田里的稻穗，惹得总是被骂。经常也喜欢探索出不同的新路来回家，有时候为了开发一条回家的新路，正常三十分钟的路途，一帮人能够从下午四五点下了课弄到晚上七八点才到家。直到后来，各种想不到的绕了各种大圈的回家的路都被我们探索出来了，甚至有次还被人家的狼狗追过，吓得不浅。而这些经历，想起来，依然活灵活现，好像一切都并没有走远。

古语说：相关何处是，忘了除非醉。

乡关的味，很多也是浸化在家里。

家，一个特殊的词，珍藏了太多的往事。

乡关的味，是每次爸爸工作回家后带回的金橘。

乡关的味，是妈妈每个六一背着自己去县城领的玩具和买的糖果。

乡关的味，是奶奶带自己去山上采的蘑菇煮的那汤味。

乡关的味，是没人教自己的情况下爷爷叫自己"蠢宝"但自己知道叫爷爷"刁宝"，把爷爷逗得那个乐的笑。

如野夫所说，故乡于很多人，是必须要扔掉的裹脚布；仿佛不遗忘，他们便难以飞得更高走得更远。

而我，回首往事时，却像一个小老头。

有时是沉浸在往事的泥淖中，有时是干脆回到过往的场景里，随手捡起的，是一段段的乡愁，这其中映照和满载着的，大概恰是自己心心念念的，来龙与去脉。

12　遇见可知而未知的你

你说，你是个讲故事的人，我却道自己，是个爱闲聊的人。

这世间有太多的人，有很少的遇见，而我，遇见你。

你曾说，你挺想，做一个幼稚的智者。当时的他，淡雅地，笑了。

于是，传出去了，你在关注些不能当饭吃的哲学。

这之后，你进入了一个圈子。有些话，别人没听懂，婉约地说你，太哲学；有时候，你把经历坦诚得如同戏剧，旁人说你，太坑蒙；而我，在一旁，看着你，笑。

你总是能够认识一个又一个的新人，希望有一个人懂自己，是伴，是知己。到头来，发现，陪伴自己最久的那些个从来都不曾走开的友人，才最值得你珍惜。

你总去尝试一件又一件的新事，你觉得，新事锻炼人，有能力了，就能聚人。从此，东边有说认识你的，南边有说欣赏你的，可偏偏，身边还是冷冷清清，如同李清照的辞令。

你也偶尔写写文章，像我一样。你笔下的文字，就像你走的棋，温柔，而又奸诈。温柔，是因为你想展现一种美；奸诈，是你怕触疼了这个社会的神经。

你时常对我说，人多的地方有陷阱。可你对人群，却有一种解不开的暧昧。导致你，既不想离群索居，却也不愿，如神，或者似兽。

你看很多很多的书，我羡慕你。洁净的灵魂，脆弱如瓷。也有不静心的人跟你聊书，这时候，你怕。至于你怕的是什么，你知道，我懂。

你想遇见怪人，你说，与怪人过招，才是其乐无穷。到头来，你发现，世界是一家现代化加工厂，秦始皇曾经统一度量衡，美国也曾推广零部件的标准化生产，人也都是被标准化的打磨，小规格的定制。好在偶尔也出几个次品，但着实难遇。

你总回答别人说，很忙。可如他所说，一个人久了，就像穷酸秀才，就像老坛酸菜，太酸了，就容易发臭。你怕无聊，你拒绝无意义，但其实也需要人陪。你这次找他，下次改找她。而他们，却仿佛身边一直有人，很少有感情崩溃到需要你的时候。

你是乐观的，也是悲观的。乐观在于，你知道这个娱乐的社会仍有太多种可能，太多敢拼就能赢来的希望；悲观则在于，你看到了人心深处存在的很多劣根性。

你其实很挑剔，这点，我也不知你是应该还是不该。你挑食物，你想吃的东西尽量干净，尽量不吃动物；你挑环境，你想住的房间尽量整洁，尽量宁静；你挑朋友，你想交的朋友尽量心善、真诚，尽量上进。

你开始在收敛自己的棱角。总会有些人，觉得你以自我为中心；同时却又有些人，戏说你太殷勤。其实，或许，你不是主动在收敛，而是渐渐快被似水流年磨去了表面的光泽。不论是否有人正读你如书，但愿岁月，正在塑造你以内心的守成和稳重。

你曾经有时候也把真正的好书放在别人能够轻易翻看到的地方。但是现在,你怕了,你怕雅物流俗。你开始玩起了一个人的捉迷藏。偶尔路过的角色,叫作观众。

你是喜欢表达的。只是,渐渐地,你不知道在哪里你才可以说真话,才可以讲你的落梅心事,于是爱讲故事的你,不想安静,却也安静了。

你的心,其实还不够静,不够净。真正干净的心,是能够开出莲花的。

我知道,你在追求;只是不知道,你为了谁,为了什么。

其实,世界之大,在你身旁的人多,走进你的人少。

你,就像是,一面镜子。

而我,在你身前,痴痴地笑。

13　秘密

想纯净。

可是，守着秘密。欲纯净而不能，内心尴尬。

我曾经，是人。这一事实，既爱，又恨。

爱的是：

世上有美人。有些人，美得陶醉了诗人；有些人，用一辈子恪守内心的追求；有些人，思考和制定着如此严谨的立法、逻辑和哲学。

世上有僧尼。人其实，入世易，出世难。世界那么美，那么多有趣的事情和微妙的情感等待着去探索、去体验，却偏偏还有人为僧为尼。从表面来看，是好玩的；深入现实来看，也是讽刺的。

世上有凡人。造物者真是神奇，能让世间万物，神似而形不似；而又能让同类事物，形似而神不似。一个人，一段情，一串故事，不单调，就是一种美。

说到底，爱的，终究是：人。

恨的是：

我有惰性。这种扎根于人内心深处的品性，每折磨我一次，越是希望自己不是人。但如果真不是人，让选择，还真找不出，想不明白，以什么姿态活在这个宇宙之间，会是更好。

我有胆怯。我想保留一份神秘，所谓的，距离产生美，也就是，神秘造就美。我就那么一小丁点，我怕别人看得太清楚，怕被看穿、拆穿。因为，近了会厌倦，远了，会陌生。所以，像周国平所说的，不要靠近我，也不要离我而去。

我有欲望。话说，无欲则刚。我不能从正面做到刚，只能反面为之。看书，是想让自己更有墨水，心境更美；交友，是想让自己更有陪伴，心情更美。总之，因为欲望在，所以一切皆有目的。目的性，我摆脱不了，所以，恨自己。

恨的，说到底，终究是：人性。

我开始寻找，什么是美；我亦开始疑惑，什么是德。

或许，希望能像迷楼里的伊卡洛斯，那样。

我想玩，想飞。

我是人类的远亲，是散步者。

玩够了，就回家。

至于，我的本源，我的归属，我的家：

别探索，别追问。

如你，是个，秘密。

14　毕业，让我送送你们吧

把电脑扛到了九栋，外语教学楼，六楼，六〇二教室，最后一排，靠窗。

眼前，是一堆学生们放在这儿的书籍。教室里的人还很少，教室外，三三两两，隐隐约约，在明暗交界的角落，看书、背书。

从窗子望出去，可以看到最熟悉的朋友们所住的宿舍，很好的视角。

楼下，除了来来往往的行人，还有车子。有意地朝下看去，可以看到摆在靠近校园食堂位置的那两位给手机做贴膜生意的一男一女还在。

只是卖钢笔、毛笔的那位浮夸起来装得特正经的老头，今天没在那儿。已经离开学校的人，如果偶尔想起这个地方，应该也会怀念起这些个，挺熟悉的陌生人。

校园路上的灯光，是橘黄色那种，这时候也慢慢亮开。

刚才路过超市侧面的那些栏杆旁边，发现今天在那个位置卖小物品的同学比昨天多。很多场景仍然是已经毕业多年的你们走之前看到的样子：女生们把自己平时买了穿了一两次不穿了的衣和裙拿出来在低价叫卖；一些大四的，则把自己不用了的参考书、课外书都摆在岔路口；还有些更勇敢点的，则批发了点小东西，找来同学在那帮着卖出去。

最近新鲜的是，开始出现了一个无人售货小摊，卖着夏天的帽子、小首饰这些。

很久没去的湖心亭，今天中午刚好有事，便和朋友一起经过，停留了会儿。整个池里的水上一两个月时抽干了，重新灌入了，如今其实又脏了，但依然不影响它标志性的美。

今晚上的学生会堂有演唱会，我嫌宣传海报做得不够有感觉，便不决定去。其实不想去的第二个原因，是知道去了就要见新人。最近一段时间都不想认识新人。

最近只想怀念。

一是感伤，其实很多遇见，很多情谊，本可以更深，更久，但其实，很多都尚没能够；二是感谢，前两年已经毕业的，以及这个月就要毕业的你们，谢谢你们，构成了我对这几年大学生活的一片回忆。

如今，又到了毕业季，又一批你们要离开了，貌似这一次，自己在最深刻的品味这杯离别的酒。

那个说好了累了就陪我一起去喝酒、一起滑冰的女孩，其实也只陪了我一次。后来，我没再邀请你，我们也没能再聚过。路上见到的机遇挺少，少到每次彼此遇见都会惊讶地飚出一句：好久不见。

而遇见最多的，是化工学院的那位男生。起初我们认识是由于你想通过我们这些大一的班长替你做听力耳机的销售生意。后来我们的相处渐渐的多了，我也曾心疼过一次朋友多却没人照顾的你，冬天也穿得那么少，让你去加件衣服。

还想起，刚进来这个学校那几天，一群当时已经大二、大三的学生会的朋友们来了几次寝室，把学院里大一的都叫到一起，随意地聊聊大学生活。现在回过头来发现，虽然都没记住当时聊了些什么，但挺喜欢那种感觉。

到这里的第一天，才刚弄完新生报到的那些事，送父亲上了回家的车之后，下午和考落在同一学校的老朋友一起走了走校园，随意的看看。而在老食堂旁边遇见你的那份感觉，是微微的青涩、纯美。你我是高一就认识的，可是不料隔了三四年竟在这遇见。你还很好的记得我，可是我却由于激动，一下子忘了你名。你让我想、猜，不记得是那天晚上还是第二天，才给你打电话，聊很久。你去年就毕业走了，你走时我真蛮不舍，没和你讲过这些，但诚然很感谢大学这几年你陪我的这些聊天，教我的那些事。

去年毕业走的，还有可以允许我打击你穿衣显胖的你。其实你不胖，是个很会玩的人。最初认识你，是觉得你聊天和演讲都蛮有条理。慢慢见得多了，发现你这人萌点比较多。你总敢穿很多我不敢驾驭的衣，而且你总能穿出很好的效果。没怎么有过很深入的聊天，但我却很好地记住了你。

再，则是全然属于奉献型的你。记得刚进这个大学那会，她说我刚进来这种大学环境，让你好好照顾我。而我，也真的就开始喊你大姐。第一次演讲比赛，拉你来给我助阵；参不参加学生会，进哪个社团发展更好，这些都让你给我做参考；初次在大学里主持英语角，让你过来我方觉得踏实；感情的困惑也是，常在考研教室外、圆盘旁，让你陪我聊着天。回过头来看，刚进来还真是个嫩青，什么都不怎么懂，很庆幸有你这个过来人专门做指引。虽然如今的我没有去争抢常人理解的辉煌，但我收获了自己想要的各种经历和锻炼。挺谢谢你的，考研成功了的好大姐。

和我同住一层的你，本来可能不会写到你。我们真正的接触不太多，每次聊天也只是寒暄。你的眼神，你的话语都很有你自己的味道，我一听便能知是你。发现我们做着不同的事，选择着不同的历练，但男生里头，大学期间心路最相同的，大概是和你。他们都说你大学有多成功，其实你的失败，你的痛，我多少能懂。记得你留给我最大的一个印象是在楼梯间我们遇见，我看你抱着一盆很好看的兰花，你告诉我说，那是君子兰。

穿着打扮很端庄的你，来自福建，去年毕业。有一个学期，我们都在同一个自习室，其实根本不知道你其他什么信息，只知道你名字。因为常遇见，所以也多少能看出你的性格。每次毕业季，我会争取给一些玩得好、走得近的人写一封笔信。而我第一封这样的信，是写给了你。

还记得原先同在一个自习室遇见的另个女生，平日里她有着大姐一样的亲切，可是随着亲临了这孩子因为占座的事和男生大吵的现场，形象崩碎到使我犯了心绞痛。导致后来，我常在反思，到底"争"和"抢"是个什么玩意，什么值得争，什么又不值。

而艺术学院的你，走前给我满满的感动。你真切地知道我特喜欢的事之一是畅快的聊天，好几次聊天聊得灵感到来让我有了一些新的意境；你还帮助着让我练习发音，把你的专业书籍给我；你在教老外拉小提琴的时候，我给你们做翻译；你去外面兼职时，我会以顺路之名陪你走到校门口。最后毕业离校时，你没让室友送你，也没让我送。你说，怕伤离别。你是那晚十一点左右走的，你走时我在寝室的楼顶，看着火车站坠泪。其实你对我也不是真的特好，而是我每次有事找到你时，你总肯无私地陪伴我。从你身上，我看到了人性的美。大好人太少，而大学里真正关心过我的人更是少，所以你走时，才发现，舍不得。

也有朋友，相邻咫尺，却差点天涯。很早就和人聊到你，但是只知道你也会去跑步，其他不知你任何。起初想介绍你给我认识的那朋友，在语言表达上是失败的，害得我刚开始没有意愿去认识你。很庆幸后来注意到了你，慢慢开始和你有了招呼。吸引我的，是你难得的朴实。另外，你知道你自己要的是什么，你上进。你不但自己的为人很好，而且你也是会对我好的人。有时候半夜拉你陪我上楼顶聊天，你总会来；有时候你还在教室看书，电话打给你，你总会下来陪我去玩排球；你知道我爱吃零食，虽然我自己有零食储备，但你还是会给我选。然而，下个月你可能就要走，你走了，我还真会很不习惯，都不知在谁面前，还可以像在你面前那样，可以很随意地开玩笑，随意地展现自己的面瘫。你走了，我真会不习惯。又只能假正经了，只能那么君子地笑了。

还有住在二十四栋一楼的你。外院女寝和艺院女寝应该都算是男生们最想入住的寝室。你那么美，我们终究是相识了。还记得第一次真正聊天刚好是你带我走九栋前那条上坡道，第二次是篮球场旁边的台阶。你曾笑着说我，会认识你，是因为你的脸。其实，风流总被雨打风吹去。最怀念的是三个人一起走路去逛夜市那回，你挑珍珠，挑衣裙时的那种意境，美得能酿酒。你的朋友那么多，很感谢你会和我聊你的成长、你的梦，很感谢毕业前夕陪我去看的那场电影，更是感谢你离校的时候让我送你，回想起来都心悸。

再就是隔壁寝室的你，最初相识，是因我在寝室弄了个零食小卖部，你大我一届，住我隔壁，常光顾。后来的故事越来越多，和你也越来越能聊。你知道的东西比我多很多，但在很大程度上，你竟然比我还更能复归纯真，这点是你自己没发现的，哪天你看到这句也可能会笑话我，但这其实正是我喜欢和你相处的原因。很庆幸，你几次情绪的大波动，都能在我面前酣畅地吐露。你说你是东北的，其实是江西东北。你的性格里的确有东北的味道。我们常说一起去喝酒，实际也是说去就去，喜欢这种洒脱。认识的最初，我大概是偏向和你一样，有些想准备考研，后来经历了一些事之后，不干了，你总会不经意地跟别人聊起，说我这该考研的不去考研，活像一个惜才的老者。你考研成功了，我是打心里为你激动，出复试结果的那个中午，我像是激动自己考上了一样，午睡躺了两三个小时竟没睡着。平时最常来我寝室的就属你了，有时我没在，你会把你要送给我的书直接放在我的桌上，然后我回来，欣喜，知道是你。你是一个不拘小节的好爷们，说不定哪天，我还真就奔去了川外或者非洲找你。

再就是常在六〇四上自习的你。我们聊天不算多，但是自从进了大学，就开始关注到了你。你有时也会在楼顶背书，有时是夜里在楼顶跑步。你的生活相比常人更有规律。你经常是泡在自习室、图书馆。男生里头，你算是很静心用功那种。你跟我聊，你去过学校旁边的哪些地方；你给我介绍，考什么证书；你给我支撑，让我知道还有人也在那么拼了命的学东西。我喜欢你的那份上进，那份坚持。

很庆幸，能认识你们这些人。

可以说，在一定程度上，你们拼凑了我的大学生活；至少，是我大学生活的一个投影。

而自己，明年也将毕业，也将离开这个学校。不想在自己离别的时候怀念同届的人，所以此刻，顺带也把你们写入。今后翻看，我会记起，有你们这些人，或者认真、或者巧合地走进了我这四年的生活，让我回忆起来，光阴是那么真实。

在演讲与口才协会认识的你，玩过对视的游戏，我又怎能忘记你。你算是我来这里后新认识的朋友的第一个，可是随着我退出协会，我们在大学的交集也越来越少。

大一就认识的爱看书的你，你看的书可能都比我还多，但我们其实说是看文学，但其实偏好完全不同，所以最想聊书是和你，最不能聊书也是和你。让你逃过一次课，一起卖过一次货。怀念一起跑楼顶吃零食、一起谈天说地的那些夜晚。

而第一次遇见便聊到寝室锁门的人文学院的燕子你，我曾把你称作是"另一个自己"。那些日子，能让我最返璞归真、最宁静的人是你。

冬天在阳光下的草坪一起打羽毛球认识的北方风情的你，总会无条件地帮我。我卖围巾，你帮我；我开课，你帮我。很多人帮自己我会想着对方是什么目的，该怎么回报，而你，总能让我发自内心地感谢，因为感受得到，你没有目的，纯粹地想帮我。

大一同寝室后来搬走了的你，那段时间你也曾是我最亲近的朋友。那会儿，下雪，我在草坪写东西，你会把围巾手套这些保暖的物品给我送来；难过，想发泄，你会陪我一起去校园里人迹相对罕至的那个池塘边的柳树下大声吼。

还有想做我笔友的你,你在路上见我,认得出我,而我,从没在白天认出过你。我记得住的,是那些个夏天微风的夜晚,各自在彼此的寝室楼顶,隔空传音地对吼。喜欢这种聊天的感觉,很透明,两边楼顶乘凉的人都能一起听。

在十栋自习室认识的送我苹果的你,好像认识的第一天的夜里我们便一起同行,陪你走到寝室楼下。我很少送女生回寝,因为不愿陷入误会。但是,和你一起,根本就可以不理会太多世俗,因为你的很多想法总是难得纯粹,很少被世俗污染;而你的心,又是那么的静,静得让我都羡慕。你说,下学期你就要去另一个校区了,到那时候,只要我想找你玩,你就会搭车回来。世间最美的遇见,应该莫过于,遇见一颗干净的心。

再就是同班的你,大一刚来开班会的第一晚,我就问你是否也是来自我的家乡,因为似曾相识的面孔。后来课堂上我们经常坐一块,你们几个称呼我"掌门",而你们成了"护法",这是大学里头收获的一个好玩的称号。之后,我们一起贩卖围巾手套,再后来甚至陪你们一起,贩卖女生首饰。记得最清晰的,是寒风冻手的冬天,你一个女生,肯逃课陪着我去挑选好看的货品,而且是忘我地在帮。那一刻的感动,忘不掉的。

而学美术的你,我们认识是因为你想考研,想让我教你考研英语。身为学生的你,在知道我在为出国这件事攒钱的时候,白花花的一堆银子,几个月的生活费,竟然不是以借的名义,而是直接送给我。那时候的你,只听过我的一次课,几乎都没怎么聊过天,竟然肯这么信任和支持一个才认识三四天的人,当真惊讶了我。后来问你为什么,你说,佩服我身上那股精神。

而当时某个你，原本也想把你处成好友，可竟然总是无法在一个频道。有些人，哪怕彼此关心，但注定成不了朋友，这是种无奈，也是一种美。

另外就是外院的肯陪我的你。你会记得住我的小习惯，肯陪我聊天，陪我去打桌球，肯陪我去偷花。你也就快要走了。你们这些人走后，我的伴又少了。

很感谢的，还有你。我们同班，你的岁数很小，总拿这个笑你，笑你是未成年。但是，大一刚进来，在我身边帮我最多的是你；聊天聊得最简洁的，是你；做事情、拿决定最干脆的，是你；爱看小说的，是你。不经意间帮了我很多，能让我学到很多的，也是你。

再就是生命科学院的你。好像是在某次吃晚饭的时候，我们遇见了。我把你当成了先前认识的人，就直接坐在你身前吃饭，聊了起来。才发现，不认识，但好在，你是爱看书的孩子。你总说，有空的时候，组织些爱看书的人聚到一块，一起聊聊书。我总说好，其实，如果我真想如此，第二天这事我大概就会去给办了。大学里同学之间的看书，通常可能还是要静悄悄才好，静下来，书才看进去了。

这篇文章写到此刻，心，已经不静了。

写了的人，是一个印象；遇见的，没写的，也在这个印象里。

写东西、说话，最爱最恨的，说到底，都是一种感觉，一种姿态。

姿态变了，不想再写了；感觉变了，不想再说了。

明年我也将毕业了。已经毕业的，即将毕业的，写到了的，没能写到的，你们一同，出演了我的大学生活。

这些年，这些人，这些事。

你们没留意的，我看到了；你们看到的，我记录了。

有时会认为，人与人之间的关系，可以更深交，可以更纯粹，可以更长久。

我寻求这种可能，也寻求，这种朋友。

或迟或早，我们都要离开校园。我期待，走进社会，走向工作、走向家庭的我们这些人，接下来，会有怎样的新故事，怎样的未来。

而我，只想，静静地看世界，看你们；然后，继续写下来。

辑三

情关

15 眉目

在夏雨骤降的寒凉里
独坐如怜
灯半盏，夜更阑

暴雨，黑云，浓雾
霓虹和汽笛
不孤独的，不是风景

风，吹来你用铅笔写的
草稿信，皱皱的
红颜笑，两三行

平平仄仄，拍岸，浪花
是青石板里的那串诗句
像当年，五月的你

你说，想哭，就听会儿琴
想起你，就写写信

可是，情绪来了
我却，昙花般，安静

16　心中的爱与怕

最近，做的事、想的事，都多。心事，重。

没有去找谁倾诉，于是，诉诸文字。

想在文字里展现完整的自己，但是知道，太暴露了，不好。于是，干脆把自己切碎，加上调料，放在字里行间。而最想说的，其实又不敢写；看得多，想得多了，思想如果表达出来，多少是会带着攻击性，道力修为可见还是不够。人终究要学会沉心，这大概才是文字的终极滋润。

我的文章，说好听点，是在旁敲侧击地表达我的思考；说难听点是，笑里，藏了刀。但是，如若真能在读完后，嚼完后，被我刺到，其实，一定受益，受用。

如此，每一篇文字，也仅仅是自己感想的一个切片，而且，裹了粉。谢谢能静得下心来看的人，只愿，每一篇，每一句，能让你，找到一个相仿，却又矛盾着的自己。

这段时间，想写的主题很多，就像是一次怀了不止一胎的孕妇，既怕每个婴儿出生时长得太瘦小，又怕自己营养不够。

期待着能去感受每一个婴儿新生时的喜悦，于是，决定腾时间，忙里偷闲，写。

其实，在不同的时间写东西，总会写出不同的味道。

这一次，选择，零点过后，熬夜写。

喜欢夏天这个时候的风、雨，总在下午和午夜，来得热烈。

这场景里，一敲起文字,更添感觉。像萧萧下的无边落木,爱与怕,滚滚来。

说到爱，不得不先提的是，美。

我爱美。

只是，有些美，我爱得含蓄，爱到不肯承认；怕承认了，遭追捧，遭破坏。我只写我肯承认的美。

我爱，爱单个人身上的宁静、素雅、真实，以及，恰到好处的高贵。我怕，怕金钱熏坏美。

我爱，爱男女生朋友间、朋友与朋友间的亲密无间、两小无猜。我怕，怕舆论制约美。

我爱，爱英雄与英雄间的那份疼惜。我怕，怕距离扼杀美。

爱美，爱的，其实，是镜中的自己。

除去美，我爱自由。

我爱，爱脱缰野马，可以随意奔跑。我怕，怕到处暗藏着网。

我爱,爱心安理得的按着自己的想法去生活。我怕,怕想法打结,自己帮着捆绑自己，怕，事到头来不自由。

我爱,爱自由,爱独立。我怕,怕的是不能在思想上真正做到自立。

爱自由，爱的，其实，是前路的未知。

归结在一块来说，我爱艺术。

我爱，爱的是，智极成圣，情极成佛。我怕，怕的是见多了大圣，有生之年，难见小佛。

我爱，爱艺术，她是光明磊落的隐私。我怕，怕艺人拘谨，穿了一件不合身的保护衣。

我爱，爱我至今仍无法定义艺术的这件事本身。我怕，怕商业社会里，哲学家定义艺术，拿去给商业家，放在大街小巷，论斤卖。

爱艺术，爱的，其实，是思想的永恒。

爱与怕，此消彼长，其实是堆积在每一个人内心的某个角落里。

或许，人生这几十年，更像是一场旅行。

看厌了风景，看多了细水长流，偶尔需要休息，偶尔也需要自省。

走路，旅行，最好是有先行者，有领路人，有恩师。

而平日里，每每读到前人的好书，击节惊叹的同时，也感觉像是欠了前人的债。

庆幸，在前人的白骨里，找到了那一些值得长久交往的知音。即便，你已仙去；我知你好，我就跟你好。如此想来，算是，莫大的慰藉。

所谓，后之视今，亦犹今之视昔。

为了答谢我借的债，我亦将坚持写一部分文字，给来看我文章的人，做做人生旅途上的靠垫。

写东西的本身，已经是快乐。今人，后人里，谁若真能腾下闲心，停在我身上，读了我，知了我，那也真的，像他所说，算是，来了"外快"。

而，人活一世，草生一春。却，都在凡间。

无须说破自己，不必拆穿别人。

看得清就好。看不清，也好。

回到美，自由，艺术；爱，怕；其实，我们都一样。难舍，难分。欲罢，不能。

17　枉凝眉

夜雾，烹煮如茶
不饮
相思，倾斜成箫
不吹

你我之间
干干净净的缄默

你看啊，杨花落尽
涨秋池了，巴山夜雨

你听，子规在啼
到客船了，夜半钟声

那桥，与长天一色，是景
那人，是风，与孤鹜齐飞

而你
似,哒哒的马蹄声

火树银花之处
怕你去找我

只在,黎明的边缘
臣心如水
等你,叩门的绝响

18　如果我爱你

处境尴尬，进退两难，所以，写这篇东西。做铺垫，也做靠垫。

岁月，摧残了我，也给了我淡定。

感情的事，说不急，是因为有事在做，有东西在学，在忙碌，不空虚；说着急，则是，合适的人难遇，怕时间越推移，就更加难遇见看得清的人，更难遇见会掏心掏肺的人了。

有时候想想，其实，未婚男女之间，一切遇见的形式，高雅、低俗，都只是相亲的变脸。

世人，都平凡。

每个人，其实都缺乏安全感，渴望被爱。到终究，都需要一个自己的小窝，停下来，不闯了，不拼了，要落脚，要舔伤口。

每个人，能力再强，再风光，其实反而都是逗给不亲近的人看，渴望被认同，因此坚强。但，日子久了，会厌，会累。

常说，我们不跟别人比什么，其实，我们很多人一直在比，不愿承认罢了。

拿我自己来说，我追求内心的静，看上去，好像说，心静了，就不会去和别人争什么、抢什么了，但其实，寻求心静的这件事本身，就是我在跟别人比。

突然间，更明白了为什么古代会把"妻"称作"内人"。

然而，一辈子，说长不长，但一个人走，终究会累。朋友来来去去，终究会有他们自己的家庭；最能陪在自己身边的，莫过于妻。

能做的，垒屋，砌灶，写字，上茶，等待你光临。

也知道，我的性情和思维，很多的地方不同于常人，因此要想挑到一个真正适合自己的，实际是挺难遇见了。而其实，很多事，说不准的，月老虽然老了，但在洗牌的时候，常常是个明眼人。也许最合适的，就在某一个转角，某一个雨天，早已安排好了遇见。

可，如果，遇见了，心仪了，还真要开始纠结了。

很多故事，不走进，旁观，都是简单的；走进了，则各有各的复杂。

怕表白了，说开去了，佳人离开，不再能一起玩笑妍妍；又怕不表白，不说出口，会暧昧。

讨厌暧昧。

虽然追人和被追，都是累的；但总要做一个选择，最后总会让一个人陪在自己身边。

如果放着心意相通的不挑，不牵，只静静欣赏，静静观望，那，这生还能发自骨子里开心么，还能真的舒展自己么。

纯粹的男女友谊，交心，完全可以有。

但是，如果真要遇到了能交心的异性，这辈子不让她陪，还真狠不下心。

或许，一些人想留住些美好。认为，走近了，就破坏了美；但其实，情人眼里出西施，你自己认为的美，喜欢的美，你自己不走近，让给别人，别人通常是不以之为美的。

更多时候，走进自己眼中的美，才真正能实现对美的保护，才能真正做到，在美的世界里，相得益彰。

套用一句话来说，离开了爱美的人，世间，便没有了美。

也有书说，不爱无伤。其实，不爱，才伤；爱，让情人美。

如果我选你，一定是看到了你的本心，看到了你的本性。你若不善，我必不选。

我选你，一定是看到了彼此的相同，看到了彼此的差异。你若太像我，我必不选你。

如果我选你，一定是看到了你会打我骂我，也看到了你会心疼我。你若爱我如神，我必不选你。

当然，我渴望被爱，在学习爱，愿意教你怎么爱人，但绝对不愿教你怎么来爱我。

我若选你，神情是我给你的信物。你若真陪我走下去，我没借口放弃。

我若选你，笑容是我给你的嫁妆。你的生活一定因为我，因为身边的人，有欢笑，有泪水。但是，我要和你一起，为你浇灌一颗干净的，随时在笑的心。

我若选你，梦想是我给你的心灯。我们不要彼此复制。相反，要帮着彼此看清，明了各自真正想要的是什么。陪着你，一起去追求。

我若选你，银子是我给你的舒适。喜欢的女人一定朴实，但如果时常为谋生皱眉，那，一定程度上，是我不够格和你在一起。

我若选你，肩膀是我给你的港湾。累了，有我在。你若选我，这辈子一定让你过得值。

你，如果真选我，可以走远，可以高飞。

但，如果累了，需要落脚了，那么，希望、欢迎、贪图你归来。

请，在我身边美丽；请，到我心边安家。

美，是我能给你的流亡。

家，是你能给我的驿站。

你看：好，不好。

19　颓废

你教我，翻开经书
我，给你念了
那一段，欢喜的文字

你的眼，像水，又像天
你说，你要管我
管我五十六十年

你的眼，像梦，又像蛊
灵性的
是你翩翩的泪

满校园的郁香
是着了魔的，我的铿锵

命犯桃花

你为我，算了那一卦
听自己的心声，你却不敢

明知道要的是什么
却不努力争取
这又是，哪一国，舶来的笑话

帮我把脉
替我，刺针
你送我，罐装的金梅姜

手织的约定，准话都不给
怕，你会不会
不经意的，就离开

六月的雪，飘啊飘，满天
是是和非非
想你了解

情缘，不是慈善！

懂针灸的你，知否
真正的情，能一针见血
见血，封喉

你是，黑云遮住的月色
我在屏风之外
从此，夜长

20　我纷纷的情欲

一阵阵的香水
是修行不够的青蛇
化成人形
蟠绕在我燃烛的桌旁

嗡嗡的机器
像剥洋葱一样地
剥着,这夏天的热度

耳畔细语的
不是江南
是慵懒的英文曲

去笼子外吧
我只在绿荫里,才能穿针引线
像个初生的婴儿

又像，庄周梦里的蝶

湖心旁她的打伞，我看见
阳光里的他，坐拥天下
却道，那不是荣华，不是家

正直的松柏
在人工的，无旗的杆前
回应着我的笑，弯了腰

路边那棵，异国的梧桐
也无公害的朝我点头

那些期末了赶考的大学生
坐卧一块
沁凉的大理石地板
在行吟中流浪

每一个从我身畔经过的人
都聚焦地凝视
我在白天，翻看他们
凌晨两点，欲说还休的欲望

没伴的时候

看见了造物，就哭了
阳光、绿叶、天空
影子、行人、风

和不远人群中的她
有一秒对视
风多、人多的地方
欲念，无助地，像午后暴雨里的星火

一袭白衣躺在路边的
是诗人
纷纷扰扰的
那些，是意境

找我吧
我在风里，没有线路，没有框架
翻滚的流云，是我无淫的欲求

我说，
看书看到心痒，想写
她说，
写好了，记得，来找我吧

21　风

当垂柳向我点头，我会意了你。

当燕子扇动翅膀，我感受了你。

当一剖净土掩了风流，我就，成了你。

你总是不入世人们的法眼。因为你，没有形状。

闷热的地方，突然有了凉意，那是你来了。人们总喜欢在夏天打开窗户，迎接你。而到了冷冷的冬季，你想帮人们的室内带去新鲜，可常常，却是被拒在了门外。

你不明白，为什么你还是你，而且你还随着季节的变化来调整了你的作用，可就是同样的那批人，他们却对你是避之不及。

有时候，你像是一个拉着竖琴的老头，丰富的内涵，美丽的音质。没人听你弹唱时，你也变得顽皮了。你会从树妈妈那里抢过她的孩子们，一个一个把她们抛向天空。叶子总以为自己是在舞蹈，是在荡秋千，而其实，这都是你的把戏。

看客们总以为，你在玩弄叶子。其实，你是在逗叶子们欢笑。你告诉她们，天空很广阔，自由，值得向往。

可偏偏，跟你玩耍的，很多是上了岁数的叶子。他们觉得，年轻时，太循规蹈矩了，没有体验过跌宕的人生，也许，有风的地方，真就是天堂。

可是，这么些叶子，再犹豫，再不舍，毕竟，风烛残年，她们很快，就都掉落，像是流星，却不招人羡慕。

而，爱情，何尝又不是如此呢。或许，轻浮的情爱，真就像这落叶，看似飞翔，却在坠落。

风啊风，道你无情，你却有情。

你和雨走得很近，很暧昧，也看不懂你两是啥关系。当雨水把没打伞的行人淋成浪子的时候，你还跟着凑热闹。

偷展湘裙钗，说的，应该是你的调皮吧。

你有时候，看不惯东边日出西边雨，看不惯身世浮沉雨打萍，也跟雨水闹翻。你知道和谐为美，但是你更觉得，要坚持些原则，要厚道。

山雨欲来风满楼，那是你的倔脾气在犯了。

没人劝你，没人拦你，因为你，一直都是无形。但你知道，无形的东西，心中自有天地。

相反，体形越庞大，肌肉越分明，越容易是没有底蕴的怪物。

你驳斥世人的审美，可你，只是风。没人见你，没人懂你，没人听你。

在你身上，有着遗世而独立的孤独。

你虽然是风，却更像是人。

曾经的你啊，内心温暖，却也孤傲；心细且善，却也敏感；卓尔不群，却也逃不开心灵之篱栅。

你有着所谓的名气。连小孩都认得你，知道你是风，知道你能吹皱一池春水，也知道你能吹散片片黑云。

可是，却很少有人懂得怎么留住你，怎么陪你。

要是碰上了障碍，你往往是选择绕道，也很少为谁停留。你不像光，光沿直线传播。

因为迷雾太多，心眼不够亮，所以，人们喜欢光明，可却很少言及风你。

光，可见；风，只可感。

世人走得太快，对很多本该看见的东西，却都视而不见；更何况，无形、无味、无色的你。

好在你喜欢安静。不困在纷纷扰扰的琐事里，恰好是你追求的姿态。

你总是轻轻地来，轻轻地去，徐志摩再别康桥时，应该是有你的陪伴。

你觉得世界可笑，而世人却不懂知足，不懂看淡。所以，你品性不坏，可偶尔，跟叶子们玩腻了，你就会跑去调戏世人。

看着红尘里，纸醉金迷，虚情假意，你乐得，把心都笑痛了。

你没心情拈花，但那枉断肠的巫山云雨，若没猜错，也都是你给惹的吧。

身在凡间，你想克服草木的弊病，可其实在一些层面，你也脱不了俗。

你没血，没肉，却有着更敏锐的感受力。喜、怒、哀、乐，你都有，只是你有自己婉转的表达。

山川、草木、虫鱼，你都爱得真切。

途径娟娟细流时，你优雅，你宁静。

途径滚滚波涛时，你澎湃，你大气。

你不拈花，却爱花；你不惹草，却惜草。

你啊你，像是孤独的飞鸟。

你怕被捕风，怕被捉影，你总躲在江南的一隅。

所谓，风尘之中，必有性情中人。大街小巷，万家灯火里，终于有能感受到你的人见过了你的真实。

你本无形，而如今，心，却为她所役。

笑你呀，本来无一物，却惹了尘埃，也要开始，吃这感情的苦了。

22 芊芊

这世界，美极了的人少，所以爱美的人，多。

落雨的声音，在屋外滴滴答答。回荡到屋内，是轻声细语。

用心爱的人，其实都想爱得伟大。然往往，只知道人可爱，却不知雨也可爱。

可人毕竟是人，肉体凡胎，在脱俗的"情"字面前，终究总有那么一些界限，逾越不了。如果强行去跨越，长久下来，只会心累。

无生命的字画，爱它，我们不渴求它回过头来爱自己；可当自己爱着的是有情感的生命时，就像种豆，是为了想得豆，付出情感，想为对方好的同时，也不得不承认，自己也在想着，对方会懂自己，会回馈自己以情感。

每个成熟的人，都应该是有着刚柔两面。刚时坚强，柔时脆弱。

隐约觉得，每一个人，他内心深处最私密的角落，都是脆弱的。所以才需要人陪，想被理解，想有人懂。于是乎，外在的各种姿态越是坚强，越是映衬着内心可能缺爱。

每个人在刚强、优雅的时候，不乏喜爱他的人。

敢把柔弱的一面恰到好处展现出来的时候，是一个人身心最舒展、最愉快、也最容易受伤的时候。

真爱一个人,爱的,一定不是侧重他的刚,而是爱他的柔。

恰到好处的刚柔,搭配成了耐看的美。

美得真实的人,既疯癫,又娴静。

恰似,那沙洲的芳草。

她的宁静,她的漂泊,就像是一首念不完的长诗,在每一片叶尖上,娓娓道来。

23　我就是想停下来，好好看看你

差一点，牵了别的好人。
差一点，错过了彼此的遇见。
碰到你，在我还年轻的时候，是，我的运气。

◇◆

人啊，其实真正停下来，看别人，读别人，欣赏别人的时间，真的不多。

看似在一起，看似聊不尽的话题，细看，很容易是在表达自己，倾吐自己。

以为关注的，喜爱的，是对方，最怕，其实只是在爱自己。

到处，都有人在遇见爱，每天也都有人在表达爱。而真正的好女孩，身边总不会缺少赞美，不会缺少鲜花，更不会缺少追随者。

可，细细听来，千篇近似于一律。仿如爱着的，不是一个单一、独特的人，更像是只在爱着一些性格和外在的特征。

问自己：

我爱她吗？不。也许，我不是爱她本身，我只是爱漂亮。所谓的爱她，是个谬误。

我爱你吗？不。也许，我不是爱你本身，我只是爱善良。所谓的爱你，同是谬误。

如此，今后，再遇着漂亮的人，不再是她，我又会爱上，爱新的"她"。再遇着善良的人，不再是你，我还会爱上，爱新的"你"。

怕，怕自己也是如此。但不希望自己真是如此。

觉得，对于爱情层面的喜欢而言，喜欢一个人，就应该是喜欢她这个单个的个体，喜欢她身上散发的各种特性，喜欢她的本真。

在熙熙攘攘的平凡里，浑然天成地遇见，遇见喜欢的人，不容易。

说爱你的人那么多。喜欢你，我想把时间给你，静下心去感受你，相比他们，我想长久地停下来，想懂你。

没到终点，谁也不知最终谁和谁真能走到一块。你是我看中的好女孩，不论最后能走到哪，就觉得，付出的感情，花出的心思，在随心所选的人儿身上，值。

你这么好的人，需要有人在身边，悉心地照顾你，知你所需，懂你所想。我希望自己，能是那个人。

生活这东西，每天都精彩，就假了。人也一样，全是优点，就神化了。时间久了，很多东西都会归于平淡。而，在平淡里看见的，才是真实。

喜爱你的人，一定是前有追兵，后有穷寇；

让我遇见了你，是我的幸运。

我想做的，就是封路。还会有前人爱你，还会有后来者爱你，但我只希望，我若喜欢你，就要像金庸写武侠。功夫深处，写到把路堵死；情至深处，情敌生畏。

会喜欢你，则是因为，发现了你的可爱。

本来，我们近在咫尺，却更像是隔江，又隔海。都不知道身边不远处，竟就有着一个这么好玩的你。

好早前，还不认识你，有人说起，你漂亮，你优秀，让我追你。

很俗气的方式，我们开始有了交集的可能。

那时候，看你照片，听她们说起你，就觉得，咦，这女孩其实还挺不错，但竟然都没曾想过自己会喜欢你，会挑你。

后来的后来，像是自然而然的被缘安排，又像是彼此刻意地在争取，我们联系了对方。

第一条短信是我先发给你的。

第一个电话是你先给我打的。

见面的第一天，六月二日的下午，雨天。相对而坐。聊天的过程里，看见了你的优秀，发现了你的不协调，也渐渐读到了你的脆弱。

在你一个女子身上，你不愿承认的好强，你的慈心，你的未言之隐，让我看见了和自己的很多相像，而你的经历，你的喜好，都是我觉得新奇，想慢慢去知道的地方。

很少有人，第一次聊完，能让我那么的想接下来继续花心思专程去了解她。想知道，这么活灵活现的一个精灵，造物主究竟是偏了多少心思在她身上。想知道，和我在一个侧面有着相像的历程和想法的她身上，另一个侧面，到底潜藏着多少我不知道的事。

而后来才知道，当时的你，也为我的出现，感到新奇。

仔细想想，能和你走到一块，基本是缘起于：相互欣赏、彼此好奇。

遇你之前，我还在念叨，真正的感情是安安静静就会来的，我将永远不折腾。

再看和你走到牵手的这段路程,你先开的玩笑,我先说出的口。说着笑着,突然发现,没到一个星期的思考时间,其实就很冷静地走到了一块。从相遇到牵手,浑然天成。

看不出谁在追谁,也没谁在追谁,一路上,都是顺其自然,遇见的第一天起,差不多就开始觉得,不太有心思去谈感情的时候,竟然遇到了合适的人。

不得不承认,自己其实挑剔。长相看着清新就好,但对于性情,我太挑。

难得遇见,你是我恰到好处喜欢的女孩。

你压根就不是随意的人。可是才见我几天,你就开始,对我动手动脚,各种调戏。

你也曾开玩笑地说:觉得,真就像是,天造地设。

初见你时,乃至现在,常戏说你,村姑风格。

你是不化妆的类型,你的素颜,是不可多得的,耐看的美。

你不怎么看重和懂得穿衣搭配,经常是随手拈来,想考虑审美但不太懂,于是经常就随性去搭。有时候,明明是不和谐,但是穿在你身上,却又觉得,好看。

你的发型总是有自己的风格,很容易就能看出是你。你特别爱佩戴蝴蝶形状的发夹,也爱收集。每次见你,细看,其实你的头发经常是乱的,可是看起来,很自然、很舒服。

你的眼神很美。有点大老爷们的那种粗糙感觉,又有着让人看了心生怜爱的韵味。你安静的时候,眼睛里像是有一汪水,流淌着故事。

你给我看你刘海遮住的额头，特自恋、特神气，却又夹杂着娇羞地说，这是美女特有的形状。不明白的是，为什么几乎长在同一地方的两颗痣，在你脸上就是叫美人痣，在我脸上的，你就硬说不是。

你想表达丰富的感情，可是，偏偏你的表情特别不受你自己控制。细看，在大多数时候，你每次的脸谱，总是无法贴合你内心的预期，不是你自己当时想要展现的感觉。你每一个相似的表情，都带着若隐若现的羞涩，但好在，又各有韵味。

你偶尔也穿丝袜。妖艳不是你的追求；千疮百孔的脚，是你欲盖弥彰的痛。你体内有着许多的不安分，小伤口的疤到了你脚上，根本就别指望它们能在正常的康复周期内，完好地脱落。

你走路也是很快。甚至在闲谈漫步的时候，你都会走得像是一阵风。折煞情调，这本身，便是你独特的情调。好在和你有着相同的步伐，平日也喜欢走很快、很轻、很稳的步调。每次送你到宿舍的楼下，夜色里，你总是狂野地奔跑回去，也从不回望，像是冬泳之前喝烈酒的那种感觉，特别有味道。只见过一次，你是慢慢地走了那段路。

你有着很好的吃东西的习惯，但是你不常愿意吃东西。你爱喝酸奶，你不能吃太辣，你喜欢在奶茶店里点烧仙草，你爱玻璃杯里的紫色，你喜欢好看且好吃的冰激凌，你随时有纸巾放在包里，你喜欢干净、简单、偏素的食物，你爱和每家店的老板们唠嗑着闲话，你也会特别调皮的摘一颗路边在卖的荔枝，不理会人家摊主的感受，霸气地剥给我。

你的心太慈。慈是好事，但是超过了一定的度，也就成了一种伤害。你不想伤人，却很容易伤到人。而更多情况下，你其实是愿意牺牲自己，来成就所谓的大爱。但其实，这一过程，委屈着你自己，更不能真的成全了谁，幸福了谁。不懂得经营小家庭的人的博爱，就像是没有地基的空中楼阁。

你总在关爱身边的人。你总想把身边的人照料好，让他们觉得你可以是一个大姐一样的角色。但你却经常会和我说起谁谁谁对你特别好，特别照顾。其实，你也是矛盾的个体。你把自己塑造成大姐形象，一是出于你真的喜爱你的朋友，二是你想装坚强，想隐藏自己的缺爱。你总用外表的坚强，来包裹内心的脆弱。对你好的人有很多，但其实，你身边缺少最初一开始就先能主动对你好的人，更少有人能让你放心到解剖和治愈自己的过往。你原本的处世模式是习惯把自己放在角落。如今的你想改变了，于是你在折腾，所以吸引了朋友；又因为你有着能被俗世认可的优秀和善良，所以你朋友是吸引了一大把，心力却因此也在憔悴。

你关于家的感觉，只是向往，其实一直都不曾有完整体验。维系柴米油盐背后的，是银子；维系家庭关系的，是感情。你不恨钱，你恨无情。你自己其实不怎么懂得持家，你对于家的概念，有一种特别强烈但又描述不清的想法。你有着的，都是模糊的，正在渐渐变得清晰的印象。你还没怎么想清楚自己将来的路怎么走，也不太知道自己想要的是什么，但你的未来规划里，最侧重的，不是金钱名誉，不是兴趣爱好，而正是围绕着构建温馨家庭相关的人事。

你有那么一种略带古典的美。你的服装，都是偏简单的风格，但是简单里，有一种优雅。你夏天时穿衣喜爱偏淡的颜色，你喜欢，并且也很适合你的，是米黄色。你还挑选了属于你自己的一件雅致的旗袍。你拍的艺术照，像婚纱下的新娘，是你对家庭的向往，另外,你还喜欢体验古代的翩翩长衫。而白色运动装的线条,在早晨里,则更能衬托出你的清新。

你看起来很自信,其实却恰好特别不自信,你缺少核心的安全感。你知道你自己该改变,该展现自我的真实,但你怕,你怕你一改变,身边的人不能适应你,你怕原先属于你的各种情感会轰然坍塌,怕失去。你也不懂得自私这个词的褒义,不懂得什么情况下要自私。你的很多依赖,其实不是建立在你自己身上,而是建立在身边的人身上。你怕依赖别人,一旦依赖,你又特别容易离不开。

你习惯了别人说你优秀,说你好,哪怕脆弱的时候,你也一直依靠我能看穿的演技,演好外表的坚强,守着这个形象。但其实,刻意了,心就累了。最舒服的姿态,应该是当别人歌颂自己是维纳斯的时候,笑一笑,告诉对方,其实我也是断臂。欣慰的是,你会在躲着哭的时候,把我叫到你面前,能陪伴你,在你难受的时刻,把你逗笑,是属于我的你给的小幸福。

你相比常人而言,看很多很多的书。但其实你却还是不懂得看书。你懂得挑剔,但是不狠心去挑剔。你不去思考一本书的优劣和书里的文字会散发的影响。我常问你玩,问你什么性格才好,你总说,人无好坏,性格无好坏。这看上去很博爱,但其实,是没懂爱,没懂挑剔。承认世间有恶,人身有坏,仿佛是有损自己的情操,但美丑、善恶、贵贱、本来就是相辅相成,你不承认有丑、不承认有恶、不承认有贱,那么你心中的美、善、贵等等这些好的品质,都只是空有其名。看书,如择友,必须要挑。你看的东西太杂,你自己已经形成的想法又太散,这个状态下去,你读书越多,脑子只会越觉得累。看多了别人的东西,有时候,就该停下来,看看自己,有什么东西。

读书如品茶。品茶的人,要有爱万种茶的眼界,更美的,是要有自己的半亩茶园。

你还特别地能骗到我,能逗我。你说,别人都不会被你骗到。你在夜晚时候的学校奈何桥那逗我玩,我故作放声大喊的姿态忽悠你的时候,你竟然更是和我拉拉扯扯,在那真喊了起来。你要知道,五米之内就有人。遇到你,清白尽毁,还丢了三观。

你的虚荣心很轻。你很少和别人比什么,更很少和别人争什么抢什么。商业的气息对你造成的影响很小,你有一种脱俗的美。但是,人活一世,终究要和商业、利益、银子这些东西打交道。经历这些事,经历这些的思想斗争之后,记住自己最初的追求,守住该守住的情操,改变该改变的思维,如此,才更能真的成熟、稳重。

你也很喜欢英语,你的英语很好。参加竞赛时,人群中的你,格外的耀眼,特有魅力。可每次碰到我,你好像都不会思考,连你听错了的我的话,你思考过后都还是会相信着。你喜欢用英文说着含蓄的情话。写给我的时候,常笑你犯低级错误。在我面前,你有时其实会偷偷抛锚在想其他事,听进去了我讲的只言片语,而你立马又会造出你自己的句子,说出很美的情话给我。

你在夏天的时候,也就像风一样,无形。行走在风里的时候,找不到最协调的步姿时,你会偏羞涩。冬天,是你特别能出气质的时候,有种女性的成熟美,也让看你的人,觉得特别踏实,觉得温暖。

你最美的时候,是在你没有心事,安安静静的时候。当感受到你对我的疼爱时,我虔诚的,像个孩子。在你身上,有着让我觉得宁静的美。

见的人多了,经历的事多了,越来越觉得,像你这么合拍的人,难遇了。

我不是随便的人,也不是冲动的人,我想认真对待这份感情,想认真待你。

遇见你,我开始舒展自己,开始不觉得压抑。谢谢你的出现,谢谢你的停留。

你不懂照顾自己,而且什么都能将就着。别人在你身边,我不放心。没你在,我也不会太开心。我也不相信,能体察我的你,舍得看我像浮萍一样漂泊。

摸着良心,想用心读你,想伺候你,想逗你笑。

遇你之前,我像个浪子;遇你之后,我像个圣徒。

以字可读人,以文可读心。

你信了我吧。不信也没有时候了。

你说,我不可以喝太多酒,你会担心,你愿意替我喝。

你说,还很多很美的地方,你想等今后我们两个人一起去。

你说,这世上,不许别人欺负我,我是专供你一个人欺负的。

你说,要管我五六十年,管我吃,管我住,管我睡,还要管我看书。

这是我听过的,属于我的,最美的情话。

你是个好女孩,需要有人懂你的美。

这辈子能在你身边的人,有福。

24　我为什么没考研

这社会，充满竞争。

很多人，缺自信，缺安全感；另一方面，缺对自己的了解，也缺锻炼。

见到某人做考研的决定和其他一些规划时仍然是犹豫不决，看其纠结，自心难受；若给建议，像是其主。干脆，解剖自己，助其思考。遂决定，写这篇。

我曾经是犹豫的人，思前想后，犹豫到令陌生人看了都能抓狂的这种。

后来，喝的苦水多了，慢慢也就通了，才懂了：世事无常。人要有规划，但没必要每一步的细节都想的那么清楚，又不是在下棋。世事如棋，也是局局新。

人啊人，太理智了，很容易不勇敢。

十字路口，有人在走的路，往往就都是同时有赢家，有输家。强者赢，弱者输。看得清的前路，那就好好选；看不清的，再怎么假装理智地分析，其实都是自欺欺人。

甚至有时完全可以大概地挑一条能看到些光亮的，自己喜欢的路，勇敢地往前走。前方万一是悬崖，就自觉认错，找新路走；前方若只是峭壁，踏实地去走好，历经磨难，一定能看见更美的风光。

说到自己决定不考研，有理性的原因，也有感性的原因。

我是一个感性偏重的人，但同时，我的理性能随时驾驭自己的感性。算起来，我挺接受这种姿态。

在我身上，其实学生气息，或者说好听点，学者气息，太重；我想早些走出校园，磨掉一些，留住一些。我觉得这样的选择对自己性格的成长和定型更有帮助。我喜欢学术，但更看重性格。

我谋饭吃的手段应该是英语。英语好的人，很多；喜欢英语的人也很多。但是，比我更静心、更坚持、更主动地专注于学英语，比我更能嚼出英语味道的人，迄今还没见过几个。在各种性格的学生面前，不借助英语之外的幽默，我能够很快把英语本身讲到学生爱听，愿意跟着来学。刚出社会肯定会遇到沟沟坎坎，但我相信自己能混到饭吃，能生存下来，饿不死，所以先出去闯。

我其实很想继续留在学校学英语。但是，也被这几年的经历折腾下来，对于如今的求学，有点茫然。很多英语知识和技能对于迷恋英语的我，都已是陈芝麻烂谷子，颠来倒去；一些教师对自己教的知识没有自己的理解，讲课接近念讲稿；考一个试有时还不是考你的能力。整件事里，虽有我自己茫然的成分，然我放心让自己离校的原因，说到底在于：我静得下心学英语，我有够用的自学能力；学英语时，在闹市中，在贫穷里，我也能自己管得住自己。

做决定那时候，还不知道自己什么时候会遇见自己喜欢的人，但是考虑进去了。这个社会其实挺实在。哪怕人家姑娘不图你什么，你喜欢人家，但也要有能力对她好。越是喜欢，就越不能让她受委屈。

精神方面，要让她跟你在一块觉得踏实、丰富、舒展；物质层面，也一定要让人家踏实和富足了，才更能真正寻求精神的优雅。想靠自己的能力赚银子，靠自己的心和手让家人过得舒心，所以，更让我想早些出去闯。

我如果考，我选定的学校和专业要考政治和法语，而且要求很高；我不想为了考研，要把现在这时候的心力分太多到这两个科目上。我宁愿不要硕士学位，我要专攻英语。英语里，本身就有着包罗万象的知识。我喜欢走进的，恰是趣味无穷的英语里。

克鲁格曼说，大学以上的学历，目前的附加值已经降低许多。我比较同意他的话。首先，我不是很想在体制内任教。其次，我看不清真若是读完研，我除了那张文凭，我实际又能增加什么实实在在的竞争力；它能降低我对未来的担忧，增强我的安全感吗，这是我的困惑。我看得到，在职场锻炼了的人的各种优秀；我也看得到，太多的大学生本身已经浑身都是知识，但不懂得实际运用起来。如果是缺安全感，那么在每一个高度，一定都会缺这一高度对应的安全感。安全感应当源自内心里对于那个会去踏实做事的自己的了解和认可，而不是单靠证书文凭这些外在凭证以及别人的赞扬来给予自己虚空的踏实。

我想让自己的生活过得丰富。如果决定考研，我一定是会认真准备这种；但是，我真正想要的生活很容易就废了。我性格还没定型，如果这时候泡在那堆考研书籍和题目里，在我性格养成的阶段，我将不能腾到很多时间看很多想看、想学的书；我将不能做很多的兼职，尝试一些生意的方案，不能有这些机会和有能力的人士打交道学东西；我将不能闲下太多时间安安静静与人闲谈，看看天空，去旅旅行，写写文章。两者对比，在丰富的生活里锻炼，更是我想要的青春。

　　我对未知的将来充满着好奇，这份好奇驱使我想去知道，我这双手究竟能干成什么事。小时候的自己，特喜欢研究星空，学习天体运行知识，了解各种神秘事件。我骨子里喜欢这种未知，未知里有各种惊险，各种收获，也有无限的可能。

　　在做一个决定的过程里，看见一个真实的自己。

　　人啊人，就是应该多照镜子，多读自己，把自己看清楚，接下来要做的，就是：缺啥补啥。

　　考不考研，我的路都会很辛苦；但是，不考研，这是我认清了自己的处境之后，自己心里想要的旅程。

　　文章无大用，初心是自省。希望静心看了的人，借我做镜子，照出其自己的前路。

　　如此收笔，也便心安。

25　请你捂嘴笑

当我的朋友们告诉你
要你包容我的不解风情时
请你，捂着嘴笑

我把吸收的草木精华
化成只逗你乐的心思
你若懂得
请你，捂着嘴笑

当我的朋友们告诉你
要你适应我的夫子气息时
请你，捂着嘴笑

我把翻过的宋词唐诗
化成只赞美你的情话
你若懂得

请你,捂着嘴笑

当我的朋友们告诉你
要你体谅我的忧思媚骨时
请你,捂着嘴笑

我把过往的桑田沧海
化作只住你的小天地
若是别的女子暗骂我心狭窄
请你,捂着嘴笑

把最难听的歌,唱给你
把最虚情的诗,写给你

你若懂我,你就笑我

可你笑得难看,难看得可爱
要注意形象
记得,捂着嘴笑

26　乡村孩子们能欣赏的未来

夜深，屋外很安静。

靠窗站着，和你聊着电话，你听见我们村子里的犬吠。

当时对你说，我为你把乡村生活写出来吧。于是，有了这篇。

◇◆

乡村的夜，总是很静。

到了有星星的晚上，这种静，则更添了一种有情调的美。

屋门前，恰好是村里的小店铺。村民们白天累了，晚上，经常有十几、二三十的人聚在这里，水塘旁边，白杨树下，聊些闲谈，或者，做些其他杂事，放松自己，打发时间。

有聊当天在外面工作时见闻的，有聊想承包村里某块林地的计划的，有聊种菜技术的，也有一些妇人，带着小孩，聊着家长里短，或者，一些三四十岁的男人，偶尔聊着国家政治的，语气十足，却也带着小民气息。

见到很多人，很多事，总喜欢不言语，微微笑。

每次回家，总会跟熟悉的人打打招呼。但人多的地方，我挺少去。白天喜欢把自己关在房内，看书，写字，冥想。

晚上的时候，喜欢腾出二十几分钟，陪老妈去不远的小溪边，洗衣服，帮忙打灯。这时候，可以感受到苍穹无边，夜色笼罩，是多么的静谧；也可以沉下心来，听听水流的声音，仿佛能把身心的灰尘带走一些。

其实有很多人想见，但都没再过度主动地去见。心太静的时候，不敢见人。喜欢看各种人，各种性格，但只敢放远了看。

回到家里，喜欢熬夜，熬很晚。夜里比别人多做了事的成就感，以及看着天空由漆黑到慢慢泛起鱼肚白，这种白天和黑夜的交接班，若是切身见了，真会感叹大自然的美，赞叹造物主的伟大。但最近在尽力改晚睡的习惯了。

然而，夜里一二点，家乡的有些菜农便开始去田间地头了。采摘好新鲜的蔬菜瓜果之后，凌晨三点左右，有些会运出去统一卖给小贩；也有些，会很早的就去到菜市场，抢先占到一个摊位，等着早起的来买菜的人。有几户人家是专靠种菜维生的，对于农民来讲，干这行很赚，但特累，我自家一些叔伯便是如此。

话说，县里最早专门种菜卖的人里，可能有我一小叔，还因为开先例去种菜而上过报。然人生无常，如今这位小叔则改行在做建筑。而他爸，按家族辈分，我也叫爷爷，一生在林场做事，对于果树种植特别有学问，也写得一手好书法。

十点左右，店会关门，这时候，乡亲们也就各自回家。一回家，差不多可以看见整个村庄不多时就会熄掉很多盏灯。有时觉得，村里人的生活挺单调的。工作、回家、扯闲谈、吃饭、睡觉。但停下来想，又觉得，快节奏的城市生活，缺的正是这种清闲。而其实，看似清闲，但其实他们还是不太懂享受清闲，很多人一旦没事要忙其实就不安心，不得已才让自己歇一歇。人都有惰性，但是看着这些村民，能感觉到，为了生活，很多人已经把劳累当成了习惯。

觉得，村民们放松的方式太单调。我经常看到他们忙，可很少看到效率，尤其很少感觉到他们的充实。另一方面来讲，快乐对于村民而言，也真的很简单。

可我总是心疼他们身上浪费掉的时间，好几次想，把这些时间给我多好呀。

随着夜渐渐深，人们逐渐都入睡了。甚至猜疑，花树们这会儿也会趁机闭着眼睛休息。很喜欢去感受晚上的草木，觉得他们有灵性。像是古代的丫鬟，白天恭恭敬敬的服侍主人，到了夜里，也开始了他们自己的情趣。

现在已是八月，村庄会在五点之后醒来。村庄醒了，有些人不醒，那是另当别话。清晨里，还没有温度的太阳，就像是男性的温柔，喜欢他的女子见了，心里开心而略带害羞；旁人见了，笑他这个大男人竟然也有柔的这一面，笑红了他的腮帮，也笑出了他的热度。

村民们饲养的一些家禽也会在这时候放出来。早晨能听见鸭子的叫声，但很少见到；我原先喜欢看母鸡，觉得他们身上特别有母性的姿态和女人的味道；现在觉得，其实公鸡也好看，早晨的公鸡总是有很开朗的表情，很轻快的步子，蹦来蹦去，吃草，吃虫子，也磨磨小沙石。

一些要进城工作的人，这时候也开始骑着摩托或电车往外赶，十来分钟的路程。要走的道路是沿河，没追随过他们，但知道，清晨这时候，一路上都有鸟儿叽叽喳喳地向着这些早行人倾诉很多的情话，他们有机会听，却没心思听；我想去听，却又怕它们知道，在懂的人面前，沉默有时胜过言语。

村里人谋生的职业，也纷杂各种。二十几的男青年往往是做管业、装潢、理发等等；同龄的女孩子们往往是进一些鞋厂、电子厂；三四十岁的男人们有少数是包工程，有的是在外面做修车，有些是专门替人打灶，有的则在县城有些小店面，挺多是去工地上扎钢筋；这个年龄的妇女，也真容易走所谓的村姑风格，原先是习惯在家乡做农活，现在慢慢在转变些观念，进厂的人逐渐也多了起来。

上班的人走后，村里剩下的，当真是以老人和小孩为主。有些人家在改建房子，这时候会有一批建筑工人在；再有，像邻居家，他是捕鱼能手，往往也就留在村里，天凉时总能在河中打捞到特别多种类的鱼，晚上由妻子烤制好，白天拿去市场上叫卖。

另外，村里还有几类人。一些是不太有技术出去谋生的，便守着土地，耕耘在乡村里的田间地头；另有一些，丈夫出去工作，自己在家带小孩，却不太懂得怎么娱乐消遣的。

老人们偶尔出去逛逛街，茶余饭后，喜欢买些松软和有香味的食物。记得好些年前，在村里一位人家玩，他家爷爷正泡着茶，茶旁边放着芒果。那是第一次吃芒果，所以特别能记住。其实我特喜欢遂川草林镇的那些小茶馆，挺有淳朴的乡里气息，也保留了很多旧时的风味。希望这种店面，能够长存下去。

村里各个角落，也总能看到一些逛来逛去的老头子们。很多是挺着肚子，拿着烟斗。而老太太们，更多是喜欢待在家里，有时候也会串串门，到别人家坐坐。最近慢慢地有些个老人家，会开始喜欢拿着儿女们给他们买的小收音机、小电视，略带着炫耀子女的孝顺，不经意间流露的却是孤独。其实呢，这社会懂得怎么孝敬老人，懂得对老人们贴心的人不多了，所以偶尔给老人们买个东西，老人们也把这当成大幸福。

家门口经常路过的一个小女孩，每次见她都觉得特别可爱。跟家里说起她，我才反应过来觉得她好玩的原因，她很活泼，很聪明这种，应该是六七岁了，然而面容长得比较急，活像一个小大人。每次看到她和其他的小孩跑来跑去，我就能乐起来。

这些年，因为在外面读书时间更多，对家乡的很多小孩都不太熟了。但觉得村里头这些年新增了很多小孩。而教育问题，诚然是值得重视的大事。

一些村民富裕了，慢慢地都会想方设法把孩子弄进县城的好学校。但其实，家长们本人，却真不懂得怎么教育孩子，不懂得听孩子心声，与孩子们沟通太少。慢慢，很多小孩把一些想法憋在心里，憋来憋去，慢慢也丢弃了这种挣扎，随着大人们粗糙的设计去走自己的人生，其实是丢掉了一部分自我。这是我看着都觉得揪心的问题，不愿意看到很多聪明可爱的小孩养不成独立的人格。

有些事，总让人难过。县里的厂房各种越来越多了，需要的工人也越来越多。家长没正确教会小孩子们如何看待金钱的一个最直接的影响就是，这三五年来，小学、中学就辍学的孩子越来越多，纯粹是想去赚银子解决自己手痒和嘴痒的问题，说到底，是虚荣心的问题。眼前利益和长远利益，每个家长终究很有必要自己先权衡好，再把孩子引导好。

看着那几个虽然多少也受影响但还在认真坚持学东西的孩子，

我有一种崇敬。但我希望这些人不会把课本学得太死,能够看清自己,也能洞明世事,练达人情。我喜欢有棱角的聪明人,也喜欢面善的众人。

也许,乡村和城市,细到每个家庭里,每一个成长环境,都有着它自身的好与坏,人在任何一个环境里,都要懂得自救。

自救不当,怕是养了身体,而毁了性情。

总而言之,我看来,乡村的宁静和淳朴,不适合用来历练,它适合用来居住,适合用来,养性格。

而万物,静默如迷,很多东西,悄无声息地在改变,朝着各种方向。

闭上眼睛,试着,在乡村的草木里,看见鸟语,听见花香。

若有来生,我愿在你必经的路旁摆摊,做一个,算命先生。

27　风月

兴许，铭了心，刻了骨的情爱，是美酒，又像是毒药。

细细品来，个中滋味，真是丰富。

怕老了，忘了她的味道。趁着年青，简洁地写下来。

◇◆

只是初见，只是闲谈。

只是去相识，却像是去相亲。不知怎么冒出的这想法。

感觉有些不虔诚，虽然只是自己心里知道。于是不再多想，干干脆脆的，去见一个新人。

下着雨，棕榈树，微凉的天气。一切都显得有意境，多少像电影画面。

你加重的脚步，我大胆的推测，上演了第一幕，心照不宣。

或许是由于在二楼，或许是因为遇见你，觉得世界安静，飘然。

聊着，笑着。起初的自我保护，到浑然不觉的放开戒备，变得欣赏，又略微地带着艳羡。

记不清聊到何处,只记得有那么一刻,没敢正眼看你,像是失重了,像是丢了魂,却又没受惊吓,只觉得浑身像是被抽空了,甚至感觉不到自己的皮囊。

担心自己脸红了,慌忙用手遮面,很不自然的动作。原以为脸在发烫,实际却是手指失去了感觉,明明摸的自己脸,却像是触碰着一块大理石。一瞬间,一阵寒凉从脸上掠过,有种凉气透心的感觉。

倒吸了一口气,正襟,危坐。

可能,这种感觉,就是自己当时不敢承认却明显心羞了的,真切的动心。

因为始料未及,所以觉得真。因为难得真,干脆决定对自己诚恳。

这些年走下来,略微也是怕了井绳。

但这次,察觉,这场遇见,浑然天成。不想再错过了。

人,越长大,能乐到心坎里的事,其实真是越来越少。

能在还没老去的时候,遇见通情和有趣的人,是一件心欢的事。

睿智的大人们都在笑,不是因为开心,是因为见的世面多了。

遇见你之前,我都是笑的满脸皱纹;遇见你之后,才真切体会,什么是真的春风拂面。

初见你时,你是知性美。

和你疯癫,看到了你的本性之后,才发现,你就一纯正的古灵精怪。

你在我身前,蹦蹦跳跳的,有时装冷血,有时也装纯情。你时常爱耍我,逗我。喜欢静静地看你帮我拭汗,你的羞涩,还有,你的宁静。

心在笑时,是灵犀的微笑,整个人像个初生的婴儿。

然而，单纯的善良与美好背后，往往也寄生着单纯的邪恶。

你是一棵好苗子，身上也有着各种虫害。

你的内心，比很多人都更理解感情，理解爱，但却偏偏，你不愿意去分清各种人际的差别。

诚然，为人，应博爱。然必须拎清的是，众爱归一，却不同一。对不同的人，应当予以不同层次、不同种类的爱。真要是平均地对待每一份异性情谊，真就上升到涉及人品的滥情了。

比起来，可能还是人品比感情更值得被看重。修行越好的人品，会长存在自己身上；但付出再多真心的痴情，说不准哪天就轰然坍塌。

大千世界，熙熙攘攘，我觉得你好，斩断情路，就想跟你一起，愿意在你面前贱着玩，但绝不会真贱，我也有我的风骨。

明知道这条情路难走，但摸着良心，觉得你这女孩好，跟你在一块，开心、合得来，我就想等你。你说的三年，五年，我都愿意，都觉得，值。

只想好好停下来，打理好和你的这份感情。

刚开始，你只在人少的地方，是我贴心的内人。只在这时候，可以很踏实地牵你手，十指相扣。

走到人多，光亮的地方，你常选择松开手。

你抽开手的时刻，总让自己心里泛酸。

真正的好女孩身边，总会有那么多的追求者。

但做事，做决定，要干脆，更要勇敢。谁都不想伤害，一方面是因为心慈，心善，但另一方面，也是不够坚定，在对方身上还没看到足够让自己彻底放心的未来。

凡事，都有一个度。若是没有度，没有标准，没有原则，你其他方面再好,再喜爱我,我都寒战。

心真酸时,感觉得到,像是小腹里某一秒被掉进去了一个东西,溅起一小圈的微疼,而喉咙,像是哭过之后抽噎时换气息那一刻的滋味。

小时候,迷上念叨着一句话:

心如逝水,好运去;波澜不惊,心已空。

有时候觉得,自己的心,很早就空了。但其实,现在看看,好像又是一个多情的自己。要不是防情堤修的好,怕是也早已感情泛滥。

可是,当一个人真体会了"人到情多情转薄,而今真个不多情"之后,心,一定是淡然的,也是微苦的。

每一个人,都是单个的个体。没有谁是谁的皮,谁是谁的肉之说,我们都只是彼此的衣。

有些衣合身,有些衣不如不穿;有些衣服廉价,有些衣贵气。

有些人挑衣服来打扮,有些人买衣服来保暖;有些人拿你来暖身,有些人用你来暖心。

彼此究竟是对方的什么衣,先是自己要看的明白。并且,看明白之后,还绝对不要委屈自己。这,只是最外边的外套。热了,就脱;凉了,才穿。该扒下时就扒下吧。谁都不傻,怕就怕,揣着明白,装糊涂,装幸福。

从没口出狂言说多爱你,爱你多久,甚至搁着一句最简单的三字情话都不肯讲。我想对一些东西,保持一种虔诚,更包括对于你,这个能让我心笑的,好的坏的性格和习惯都近乎看清摸清了,还依然觉得你挺好的你。

你常笑我,爱屋及乌。你可曾真的体会,一点都不装,不演的爱屋及乌，个中的感情，是要几个外甥打着灯笼，才能找到。

仔细想想，对你的喜爱，仍愿如《诗经》，不愿如《离骚》。

觉得，你这女孩好，想好好待你，想好好处。情路难走，而且可能有悬崖等着，但人有时候，就像是那只扑火的飞蛾，明知会受伤，却贪恋着桌上的红烛。

虽然掉进感情里了，但其实，很清醒，理智也都在。

喜欢了，就想全身心去喜欢。觉得，留了后路的，就不是放得上台面的、贞洁的、独一的爱。

付出真心，才能得到真心，但也可能伤的彻底。可是，真遇见了，真觉得她好，哪怕不被给以准话，哪怕遇见各种变数，哪怕最终不被珍惜，至少，对于自己，要是留着退路，爱得不完整、爱得不干脆、爱得处处设防，我只觉得，这样的感情真是如同勾心。

尽心去经营了，最终，不论是散场，还是成眷属，无论心欢，或是心痛，至少，换得的是良心的踏实。

难得合适，难得动情，想用心经营，想彼此珍惜。

嚼到感情的苦时，苦味会从每个毛孔溢出来，此时人更容易的，其实不是沮丧着脸，而是在试图微笑，装开心。所谓的笑比哭难看，在这时候，最甚。

劝世人，情这东西，宜饮，不宜嚼。

它是惊鸿一瞥的甜，是善变的恩典，也是需要悉心呵护的悬念。

28　写给路人的情书

敬爱的路人：

冒昧的，问一声，你好。

不知道哪一刻，我们就遇见，或许又都已经遇见。

暂时不管那么多，且为你，写下情书。

让我猜想，你一定是个平凡的人。在别人眼中，你肯定各种优秀；选出你，必是看见，你也脆弱。

你一定是个有故事的人。你也许并没有太多的经历，但喜欢你，那一江，如水的心事。

你一定是一个懂美的人。你在嬉笑怒骂里，懂得经营生活，窥视美好。

最初，你会发现，我各种想黏着你。等这样一个你，等太久，有太多内心的话，都终于可以和你倾吐。也想同你讲诉，你有多好，对你的出现，我有多欢喜。

时间会让彼此看到，我不是一时兴起。你并不是优秀到无可挑剔，只是我要的平凡，恰好全在你身上。

慢慢相处了，若是发现彼此性格和习惯里隐藏了大瑕疵，那我们尽力帮助和引导着对方去改正；而，所谓的小缺点，你留着吧，更是装饰了你的可爱，你的真实。

因为工作和学习地点的变动，我们可能也会有很多的时间不能腻在一起，待在一块。在一起时，太近了，很多事情其实看不清楚；偶尔的身处异地，其实更能让我们看清楚这份感情，也让我们更能够真切地感受彼此。

人，都是社会性的动物。车来人往里，可能，我们彼此也都会遇见别的好人，略带喜欢，或者，被喜欢。认定是你了，我就一定，界限分明。对于感情，我没太多实际经验，但我懂得，真若选定了喜欢的人，哪怕不在同一个地方，对她更应该忠贞和坚守。

我不知道我人性里黑暗的一面有多自私，有多爱自己，所以我哪怕老了也不敢说什么在我心中，你比我自己更重要。但我只知道，真心喜欢你了，只要你是理智地牵了我的手，心里和身边都是我，那么我，最想摸着良心，鞍前马后去鞠躬尽瘁的女人，一定是你。

随着年月的流逝，随着在一起的次数增多，甚至真就，可以每天在一起了，那时候，也许，一切都归于平淡。我自己清楚，也想让你知道，平淡是正常的，但是，平淡里，一定会偶尔为你营造小快乐。无须太刻意，无须太费心，就想为你做些事。

而生活中，难免会遇到矛盾。我们尽力别去吵，别去闹，也更别去炫耀。冷静下来，倾听各自的想法，也相互包容，一起商讨把问题给解决才是关键。真要碰上会吵架的一个你，我也真不知道怎么吵。其实，喜欢你，就算能吵赢你，还真不忍心。何况，吵架无输赢，开吵了，双方皆已败。看见了太多的不和谐，真心期待自己可以经营出一片简单的温馨。也怕自己会变化太大，所以时常给以后的自己定下大的准则，算是缰绳。细微的改变是必然，但至少，别轻易脱缰。

可能，随着你慢慢变老，容颜不再；可能，彼此越来越了解，昔日的距离美，化作触手可及的真实；可能，我们看清了彼此其实也就那么点本领，那么点魅力，日子不再像以前那样新鲜，逐渐地，没了太多的期待，也没了太多的惊喜。

容颜不再，底蕴更在，喜欢的，就是你的底蕴；

朦胧不再，才见真实，喜欢的，恰是最真的你；

惊喜不再，情才自然，喜欢的，是有你陪伴的平凡。

话说回来，这世间，谁和谁遇见，其实都是路人遇路人。

我喜欢生活带着点浪漫，但我其实反而不太信情话，觉得这多少是在自欺欺人。我只相信，任何两个人走在一块适当的坚守都能够把一辈子的时间打发完。

然而，世界上的好人这么多，关于对方为什么要和自己在一起，除了彼此要觉得对味，觉得适配之外；我更认为，付出，才配得回报。

看信的好姑娘呀，你的年少时光我都没有参与，所以我希望你能给我机会，在你内心的成长阶段，能让我守在你身心边，给你指引，也做你肩膀。不然凭什么完全长成了，绝对地优秀了的一个好女孩就要不折不扣的跟随这么个没有魅力的自己呀。

一定是你能让我敢把身心舒展，我才选你。

活在一片森林里的你，即使真愿意选在我这一棵树上吊着，也不敢给你承诺什么，但一定给你，搭个秋千，让你摇摆得优雅。

在你面前，我会是很真实的自己，但，不会太脆弱。

总要多一份坚强，才能算是一个港湾。

如果，你也选我，那么：
请你，最大限度的信任我；最大限度的，对我真。
你偶尔，也给我一些好待遇呗。
做个买卖咯，赌一局咯：
你用一回眸选我，我用一生世，谢你。
赌不。

29　我的大学生活

繁华，都是假的。

热闹的地方，我们都是演员。或者大牌，或者群众。

趁着静下来的时间，诚实地看看自己，写写自己，想试着去记录，这个年纪的尴尬，和旅程。

每天，其实也都很平凡。

敢把平凡写出来，敢写自己的生活，是因为，回头看，跌跌撞撞里，总有那么一两件事，其实，还挺好玩的。

就像是小孩子们摔跤了之后找爸妈要糖果，寻开心；我遇见美景和佳人，也经历生活的磕磕碰碰之后，有了体会，就试图把这些感受，转换成文字，算是，我从上帝那里，兑换来了现银。

假想，有读者。于是，叙事展开。

回到最初，刚进大学那会儿，还真就是一嫩青。

很感谢的是，有位朋友和自己一直是同一个学校。其实，在平凡的每天里，真正一直陪在身边的几个朋友，倒很少给写进自己的文字里。心里懂他们的好，说出来，反倒觉得假了。

因为复读过，所以高一时候坐自己身边的同学，在大学里成了自己的上一届。报名第一天下午就遇到她，很清新、纯美。女生容易改变很大，竟然没认出她来。隐约是第一个晚上，带我逛地校园，吃的水煮。美女作陪，开启了大学生活的最初印象。

第一次开班会，大家都自我介绍。那段时间很迷扇子，挺能被大家注意到，因为形象有点傻。介绍自己的时候，中文古风，加上在一群英语专业的老师和同学面前一聚会就不怕天高地厚，特有胆量地狂飙英文，所以被很多人给记住了。

军训那会儿，企图去争当班长，于是敢当众唱部队歌曲，敢帮助各个天南海北过来的陌生面孔，敢积极参与扛水等各种体力劳动，但坑人的是，遇到一个英雄城走来的同学，做事果敢、浑身刚气、有号召力，再加上知道接下来还会再重新分出一个实验班，于是知趣地懂了，现在的这块肉无疑是他的盘中餐。要跟他争，几乎是玩火自焚，干脆，藏起了自己的小心愿，听命于他。想着，暂且先偷些师，卧薪尝胆。

想起来，刚开学的那些天晚上，就开始坚持待在了九栋的考研教室看书。当时身边坐了一个在准备考研的外院男生，原本以为英语专业高年级的人英语肯定很好，但翻看了一下他的考研英语试题，发现各种错误，当时竟然直接就对他横竖一顿批斗。后来懂点事了，知道自己当时的点评太缺乏委婉，每次见他，真想遮住脸、躲着走；无奈常遇见，只能假装没看见、装不认识、装淡定，装得难受呀。

慢慢地，等来了分班考试。很在乎那次考试，因为按当时说法，除了会影响是否能进实验班，更影响到能否以交换生的名义去另一所学校读书。因为在乎，所以考完之后特别怕。但结果出来，高考英语成绩和这次专业英语成绩，竟然是自己排在了第一的位置。有惊无险，并且，有些意料之外。

　　整个大学的第一堂课，记得那位英语老师讲了她的家庭，以及出国留学的经历。虽然原先也有听闻这些事，但毕竟来自小县城，真正遇见的第一个经历了留学的人在眼前讲这些，她是第一个，像是一扇窗，更看见了光亮。

　　因为刚进大学，课也不太多，所以和一些朋友一起，也准备着找些兼职，体验自己打工的滋味。但最初没有渠道，各种别人贴在墙上的小广告都去看，都去问。还有一次，也差点被弄进了一个小的传销团伙。最终，没决定干这些劳务，既耗时间、工资低，而且又都是要跑腿，我想干些更能锻炼一点能力的兼职。经历了找兼职这些事，留下的影响是，后来有段时间，看见来寝室送快餐的这种兼职女生就有种亲切感，差点挑了一个来追求。

　　由于刚开始那段时间没找到合适的兼职，所以可纯粹供自己支配的时间多了起来。干了两件事：攻英语习语、泡图书馆。因为深知，每门语言真正的味道很多都是藏在它的习语里，而大一时，由于没碰上太多自己中意和欣赏的老师，所以几乎就不怎么愿意听一些课，自己经常在晚自习时是泡在了英语习语里。再加上复读时候，虽然心闲，但其实也心累，压抑了很久的对闲书的饥渴，也在大一开始爆发。

　　两个月之后，新组成的实验班开始选班委。还不懂得表格怎么制作，不懂邮箱是什么东西，不懂帮班里人办学生证、火车票优惠卡、借阅证等等这些事要走哪些程序，不懂怎么在还没通讯录的时候召集班里人，不懂怎么跟领导打交道，但自己先接下任务，一件一件去学，去干。很感谢，班里岁数最小的那位男生这一个多月里面，帮自己最多，给自己最多鼓励。

随着认识的人越来越多，交集多了，慢慢有了自己的第一份家教工作。地点是在城南那边，算是挺远。如今，时隔两年多，再加上当时内心是喜欢悟性较高的学生的这种贱心理在作怪，所以记得最深的，倒不是那个学生的模样；最能记住的，是那年回家后，在家乡县城带那两个要参加竞赛的学生。关于这一个，留下的印象，是记得他爷爷和奶奶每次都会把自己送到上车，以及记得他家的特殊行业。

而刚开学那几个月，学生会、社团、协会等等的宣传活动都很猖狂。当时听了一些前辈的意见，做了四件事：入了院学生会、竞争进了校广播室、参加了演讲与口才协会、报名了羽毛球协会。尝了一个月滋味后，各种职位都放弃不干了，觉得还是做平民好。而在演协的退否，则是当时的纠结。那会儿面临的选择是：如果留在演协，我会有很多的节目主持的机会，但会耽误太多的看书时间；如果退出演协，我在学校就没了平台，从此可能只会在人群中做个无名小辈，但可以有自己的时间看书，专心学东西。考虑到我并没有什么口才，长久下去，拼不赢其他做主持的同学。分叉的路口，我选了第二条道，另一位同学则选了第一条。一路，他也是吃苦锻炼过来，如今，他有了闪耀的舞台。偶尔还会稍微留意他在做哪些事，好像是在看自己的另一种轨迹的可能。我想，知道自己要的是什么，并且会踏踏实实去争取，这样的人，都可以算是赢家。

随着时间推移，慢慢到了那一年的中秋节。没太多的记忆，唯独记得和其他几个班长一起在教工宿舍那边的一家餐厅的大树下一起聚的餐。当天的一个任务，是要代表班级，给任课老师们送节日礼物。有些班级另外送了米、食用油、柚子，我们两个班则只送的月饼。在这些个过程里，慢慢也在改变着一些观念，礼尚往来的事，哪怕内心不太愿意做，但只要不违背大的道义，不妨碍他人，每个班都在给老师献礼，我班也没过于特立独行的必要；毕竟，是老师。

自习的时候，或者一个人在凉快的地方的时候，喜欢看看课外书。图书馆的书浩如烟海，并不可能真的看完；但是里面的图书更新太慢，而且偏旧。所以一边在图书馆大量的借书，一边也慢慢地喜欢上了去书店或者网上挑书。这几年花在买书上的银子，大概两到三千，都是自己赚的。打开一本精心挑到的新书，那种墨香，真的享受；好的书，就像是知己。可以和懂的人分享，也可以自己珍藏。

看似安静，但并不是一直都很循规蹈矩。出格的事，也做过一些。其中一件，便是：花了两天的空闲时间，认认真真的手写了一封六页的情书，没想好给谁，也没有专门为谁写，只是假想有这么一个收信的人。然后在记不清具体时间的某一天傍晚，好几个男生陪着，守在人来人往的九栋大厅，然后大家一起从五点等到六点，看着路人，物色美女，也都没挑到特别出色的女生。无奈，豁出去了，闭着眼睛，羞红着脸，给了在六点整的那一瞬间路过的那个女生。当时与事后，皆是各种忐忑。

记得大一第一个学期，和电信学院弄过一次联谊。第一次聚在一起谈联谊的事的时候，他们班的代表来得太晚。作为外院人，在催他们快些的时候，电话里用的是英语跟他们讲话。而等他们到来的时候，发现他们各个手里都点着烟。这导致我方女生更加不满意，不愿意和他们这样一个人人都吸烟的班级联谊。后面第二天，不知有谁私下里跑去跟他们班说，取消联谊。班里人整体的态度，偏偏又是都不太愿意继续联谊。他们班感觉失了面子，加上知道我班男生少，预感是准备要闹事。然后，约好把事情谈清楚的那天，我这边怕万一他们那群男生会冲动，便叫好了外院其他班的健壮的男生朋友适时过来，撑下场面。好在那天在谈的时候，对方代表也都不再是第一次的姿态，不再吸烟，也愿意把晚会结束的时间点给提早；这时，班里的女生也才改变立场，同意联谊。但谈事的过程里，我这边叫好的男生陆陆续续地来，人越来越多，一看就像是要打架的阵势，而且有一个男生一过来直接吼：是不是要打架。事后说起，他们那边是有些准备要打架，但随着顺利谈成了联谊，也慢慢冷静了。而说到最初的吸烟，则是感觉被灭了威风，使故意临时去买来烟，让每一个人故意装酷、装混。听完，想笑，不能笑。好在，有惊无险，但也，吸取了教训。

而大一的第一学期，期末成绩，第一次体验了一番某些大学老师那种看心情、看人，和看关系打分的无奈。

后面，经常有考试或者玩耍，会往其他城市跑。在其他学校看到有学生在宿舍卖饮料，回来后，了解到学校对这点没有明文禁止，于是依样学了过来。进货是在本地的批发市场，清空了自己在宿舍的衣柜，摆上了各种袋装的零食。除了做自己那一栋寝室的零食生意，当时学校的南、北区各个男生寝室，自己也会在每个晚上腾出一个小时，按顺序轮流去跑，偶尔找朋友一起帮忙，开校运会的时候甚至也到了运动场的观众席卖零食；而南区的几个女生宿舍，当时都分别找好了从自己这里拿货去卖的代销人员，然而在宿舍卖零食属于薄利多销，而且需要适当放下身段，这几位女生体验了三五天之后，选择了退出。

而自己做零食生意，整整做了两个学期，起初进货偏少，但用自行车驮，很费力，由于太重和侧偏，翻过几次车；后来慢慢胆子更大一点了，每次进货很多，也便让老板用三轮摩托运过来。自己宿舍的那个摊子，由于我不记账，加上晚上经常是在自习室，大家要买的随意拿，价格表在那里，自觉把钱留下就好。

起初很好，每天都能有不错的盈利，伙食费和零用钱都能有；但后来渐渐就明显不对劲了，卖完一批货收回的钱都不够我去批发同样数量的一批货，账目相差得实在太离谱。要腾时间守着小摊我又不乐意，所以第二天，干脆把剩余的货物都分发了出去，清空了衣柜，此后也就没再继续这种零食小生意。

小时候家里没让自己锻炼吃苦，离开父母身边，到了大学里，持续了接近三个学期的搬运零食、卖零食，这是自找的劳累。只跟家里说零食卖得有多好，朋友有多帮忙，但不愿意说起个中的辛苦。回头看，觉得值。

大二上学期左右吧，在学校贴过一份自己的广告。两件事：一件是征笔友；另一件是自己出了一套英语试题，招人来考。笔友的事，有四五个人找来，发现压根就不是些想好好做笔友的良家，便没再答应任何新人做自己的笔友。而考题的事，则是感觉进了大学里，自己还没遇到英语水平让我能甘心称臣的人，所以想组织一次考试，看各个学院各个年级有没有卧虎藏龙，但看到交来的答卷，失望了。可能当时，说到底，还是带点傲。终究，慢慢静下来，知道，很多东西，个中苦乐，自己懂就好。若真喜欢，认真去做就可以，哪里又有去跟别人比的必要。

很长一段时间，自己在计划和准备大三暑假出国的事。资金我想自己出,所以家教、零食销售,以及想到了各种新的生意方案,都一件件去落实。那时候也去酒吧兼职,里面工资比较高,加上刚好班里有位同学也在那里兼职,所以心里添了些底气。上班时间是每晚六点到十二点,偶尔有客人来得晚,会拖延到晚上一两点。最终在那没待多久,因为每晚都工作,每个早上完全没有精力去看书和学习。

当时收获的一个乐趣,是那些个夜晚,凌晨一两点下班之后,和在肯德基上班的几位同学一起,偶尔吃些小吃,然后再一起骑着自行车回学校,一路上,冰凉的夜色,清脆的谈笑,特别美。

英语,则是伴随着自己的每天。和英语相关的职位,自己更想去历练,所以去了学校的国际交流处,做了留学生的班主任助理,管理一批巴基斯坦留学生的日常工作。过程当中,总会遇上没事找事的学生,而且自己带的这个班又刚好分了两派,甚至在校园内打过一次群架。期间还一个女留学生重病住院,找保险公司理赔的各种事,竟也交到了我手里。经历这些过程,自己挺能听懂各种不纯粹的英文口音,懂得怎么压制和化解班里两派的嚣张,看到了很多的文化差异,交到了一些异国朋友,也看清了留学的很多真假意义。

说起大学生活,和某个人交集不多,且出自偶然,但其实,不得不提,燕子。遇见的第一晚,正经坐着聊着不够,又一起躺到草坪上,夜空下,聊到寝室锁门。当晚思考了一整晚,思考这么个很优秀和很懂自己的好女孩,我要不要争取来做女友,但思考清楚之后彻底决定以密友这种姿态相处的时候,给自己一位老朋友发了条短信,内容:今晚遇见一个特别好的女孩,但我感觉彼此不适合做男女朋友。竟然没注意,恰好却发到了燕子手机里。彼此,会心一笑。

随后的日子，偶尔约见，甚至定好每周五下午那餐饭一起吃。她在舞台，我在归隐，但彼此各种思想的重合，让我不得不感谢世间竟真能有这么一些个人，是难得纯粹的另一个自己。

我想要的东西，我只想靠自己的双手和脑力，踏踏实实去争取。因为觉得视野不够宽，所以经常会腾出自己赚的一些银子，出去走走。去了上海，看它的繁华；去了上外，虔诚地叩访。

在上海的感受特别多，最大的一点，是里面的生活节奏。看到了他们对服装和打扮的注重，回到学校后，开始思考起了自己的下一单小生意。当年十一月份，天还很暖，我比学校任何其他在做冬季用品生意的同学都更早进货了围巾、手套。拉了一位男同学入伙。选款式的过程，很谢谢班里一位女同学不辞辛苦的帮忙。恰巧，十一月十一日，天气突变，当天立刻用大的彩色纸片手写出逗人的广告，让同学找关系借来了展棚，让班里女生帮忙折纸鹤做装饰，并搭架子悬挂围巾。展棚搭好，各种东西挂起来以后，特别美。过程里，谢谢很多朋友帮忙过来销售，甚至支持生意。那天，大卖。但第二天，气温就回升了，推后了十几二十天，天再冷，围巾小地摊便有了好几家。心里笑，笑他们，晚了一步。

到了大二寒假，这种难得的寒暑长假，是留给自己静心的时间。那年寒假，偷学了整整一个月的英语里的肮脏词汇。痛苦的是，难得在英语不雅词领域，我终于"学富五车"，可却全憋在了肚子里，不敢炫耀自己，带颜色的"才华"。

而在那段时间，感情的事，表面风平浪静，内心波澜一片。现如今走出来了，很多事也通了，但当时不懂，自己把自己的内心则折腾到各种难受。那时候觉得，要想走出来，可能是真要去寻找一段新的感情，于是物色了外院的一位挺有才情但彼此没有说过话的美女学姐，却发现她竟然是有心上人，只是在别的学校。确认这是实情后，试着让自己在感情的世界转身。在接下来的日子里，也慢慢看懂了什么样的好女孩才是真正适合我自己性情的好女孩。

隔两个月左右，才再和这位上一届的女生联系，先前的事逐渐淡忘、翻篇了，便会聚在一起玩笑。近些年被其他事打击掉的一些自信，其实又在慢慢建立起来，很谢谢和这么个女生时间虽然不长的相处。后来临近毕业时，一起徒步走了一次大桥，一起看了一场电影；她离校时，那么多朋友，只选择让我一人送她走，这大概也就是诚心换诚心吧。

大学里还特别值得感谢的一个人，是班里的英语搭档。彼此尽力在周一至周五的每天下午晚餐时间，有时天很冷、下雨，也坚持，抱着各类英语资料到对方那里去互动、去过关的这份想把英语练得更好的心与行，让彼此长期坚持走在前行的路上。相比她的勤奋，我还是显得太偷懒。不过正是身边有这么一个可怕的超人搭档，让我只是停在懒惰的浅滩，没能坠到深渊。

大学里有太多聪明和有才的人，在他们面前，坚持和勇敢是我最大的资本。能体验开英语四六级培训班的事，纯粹出于勇敢。找老师、找院长，不同意，依然坚持。找资料、做宣传，怕遇到高手来听课，来拆台，还是讲下去。自己决定了想做的、不坏的事，就尽最大可能大胆认真地去做，这是大学期间形成的风格。

学校的旁边，就是火车站，所以经常有同学朋友会路过这里。当知道有很久没见的朋友路过时，会尽可能见一面，喜欢听他们的故事。家乡的笔友来过一次自己的学校，专门等自己一起回家乡。

因为很相熟，所以也特别不忌讳地进来自己寝室，那种感觉，特别美。高中一位女同学来这时，是来找她男朋友，我起初不知道，所以竟然在她男友接她之前把她接走了。原先高中时候前后的座位，嘻嘻闹闹，这次隔了三四年再见，聊的很有感觉，她已经变得端庄，但依然保留住了原先疯癫的个性，喜欢她的恰是这种真实。

在学校，最博弈的一次生意，要算卖宠物仓鼠那次。只是在市场上遇见一个卖仓鼠的大姐，发现这些小动物很可爱，觉得里面有商机，于是回过头去和她聊。她是河南人，陪她聊了一个多小时，聊了很多她这辈子是怎么打拼的事。后来，竟然把这其中的各种经营运作都告诉了我，而且给我提供了进货渠道。我看得出她对我的真诚，可毕竟才认识一个小时，担心生意人不可能轻易讲出渠道的真话，况且纯属偶遇，一投入要投很多，而且拿货是要通过风险很大的汇款方式把钱打给河南那边我没见过面的一个老板的账号，所以不敢太信任。

考虑了一个晚上，还是信了那位大姐，想相信人性中的美。后来各种搞定了，拿到货，紧接着逐一处理好了各种阻碍，终于在大学和中小学出售，偶尔有朋友帮忙，苦累了两个星期，净赚数千。由于卖的是可爱的小动物，越卖越是问心有愧，这件事就没持续太久。

接着，去了趟乌镇。因为想去叩访一位长者的故地，看看他小时候成长的环境。很大的一个收获，反而是对旅游市场的内幕，有了更真切的认识。

大三期间，接的家教特别多。这时候带学生，是完完全全在开始关注学生本人，而并非只是想着怎么把知识讲到对方会爱听。讲课的过程，我也更加注重了对学生本身的性格的观察和分析。讲课时，语数英都教，甚至大胆地教过文理各门科目，也聊其他话题，教的学生，小学、初中、高中都有，偶尔也辅导一些要学英语的大学生。旁观地去看学生们的性格和他们的成长环境，是一件特别好玩的事。而学生们的家长，有的做警察、有的在银行、有的做加油站，也有的是开宾馆，从他们那里，或多或少，可以了解一些行业的真实。

做过的另一件小生意，是卖女生首饰，和班里几个女生一起。不算是一次成功的经营。因为没坚持下去；加上是卖女生的东西，我帮忙不便，也帮不上太多忙。喜欢的是，这种有说有笑，一起做事的感觉。

决定清楚了大三暑假不出国，大四不考研，也是在做生意期间。反方向，则竟然阴差阳错，做起了出国旅游英语培训。

经历那么多辛苦，想清楚了那么多事，决定暂时不刻意去寻找了，专心学东西；合适的人，反而自然而然地会出现。

紧接着，迎来了这次大三暑假：红楼、感情、诗词、做菜、写作、翻译、词汇。

这篇文章，写到的，貌似都是些好玩的事，实则隐去了各种痛。而其实，想写痛，也写不出来了。也许，不知不觉间，看淡了，看开了吧。从痛里学东西，值，也正是因此，不再觉得那些是痛。

接下去，即将迎来大四。猜想是会很丰富，会很累。

然而，因为前路充满着未知，所以，我更是期待。

感谢过去，也向往未来，带着勇敢，坚信着，一句简单的话：

向前走，终会收获惊喜。

30　八都游记

在乡间的小店里，合吃一碗农人的粉。

撕一页记事本的纸，她给我写小纸条。

"回去之后，写一篇八都游记给我看，写好了本小姐有赏。"

◇◆

米黄色的唐风，她是。

一个可爱的小包，一个蹦跳的女人。

七点多的火车，冷色调的秋，遇见她，满周遭的清新。

出站的地方，是个小镇，道路两旁，晒满了谷子，艳丽的金黄色。

再往前走，就是田地，我熟悉的稻香。她来自城里，没亲临真正的庄稼。火车上见她瞧见轨道旁的禾苗就激动，这下，刚好可以，下到田间看看。

她是个没品的女人，第一件事就是把人家农民摆好的稻草，摆成花的形状。照片是女人如影随形的毒药，只是在她这里，喝出了酒的晕眩。

正儿八经的买门票，少了很多的乐趣。无耻的女人，牺牲鞋子的白净，带我翻越山岭，逃票一回。

路途，经过一片园艺林，奇形怪状的树木，如同她口中被教育体制剪裁的年华。

堆在水渠上的稻草，是她的卧床，朝那一躺，便忘了春夏，丢了花。人家是，少年听雨歌楼上，她这是姑娘听水水田间。品位之高下，可见一斑。

不得不承认的是，简单的花树，因为这女人的出现，而有了生气。连野生的小向日葵，也为她颜色，为她缤纷。绕过栅栏，上到山时，是一道沿着水库的走廊。葡萄藤盘绕在搭建的架子上，略有人工，却又宛若天然。

水的中央，是一条摇晃的架桥。远观，很美，可以落笔入画，不知道近观，又会是怎样的光景。她说，先逛山林，返回的时候，走走这座桥。

山的入口，有一块平整的土地，是个荒废的小游乐场。她远远地叫着，有秋千。那的确是简单而美好的玩物。荡漾着的她，摇落了一地，清脆的笑。看着她旋转着，真想这时光，停在这里。

而其实，越美丽，越停不下来。能停下来的，只是笔尖的记录和当时的心事。朝前走，不一定会再有先前的旅途那么心欢，但，一路的新奇，总是值得我们勇敢，值得我们向前。

世上，很多人在找寻幸福。有些人找到了一处美景，一段欢乐，便紧紧地拽着，不愿意放轻松。殊不知，有些美景属于大众，有些幸福，需要自由。或许，参差多态里，才藏着幸福。

紧接着，往里走了一点，是一处亭台。绕过去，现出来一片用高墙围起来的假山。跳出来的,是一公一母两只猴子。她饶有兴致地看着,匀称的给两猴子扔着袋子里的食物。惊叹的是猴子们剥水果的技术。本来喜欢公猴的她,见了母猴被欺负,也开始心疼起了瘦弱的一方。

离开猴子们的领地,继续朝着山里走,能够看见,很多之前红军革命时住过的房间、用过的厨房、都还留在这里。这一面的山,不陡,上到山腰,发现这里豢养了一只初看起来有些像公鸡的动物,还以为住了人家。走近了,惊叹,竟然是一只健壮的孔雀,羽扇纶巾,煞是好看。定睛看,这女人在羡孔雀,孔雀在笑看这女人,笑她,爱美之心,还需另戴粉色的头饰。

女人羞了,开始缺人品地嗑起了瓜子,说,走吧,去看看其他的。竹林、芭蕉、泉水,都是藏在这山间好看的精致,但即便是自然风光,也显得像是年久失修。来到这样的地方,还真的,青春都一饷,忍把浮名,换了浅吟低唱。

草木山水之间,断续出现的,是祖籍浏览苑,练兵场,以及很多带点神秘和古怪的建筑。到了山顶,道路开始变得平缓。而女人可爱起来,连吐瓜皮果壳的声音,也变得那么独特而婉转,喜欢她无忧的样子。真切地感受着,一个人最美的状态,不是优雅,而是舒展。

下山的时候,踩在松针上,她脚底一直打滑,竟然还特兴奋。还打趣地问,为什么诗里面是松下问童子,言师采药去。为啥不是在柳树下问呢。突然间醒悟了,女人还是在家好,顶多偶尔给你念念难念的经。而身体和灵魂都在路上的女人,身和心都需要人照顾。没照顾好的话,准要挨揍。但其实,有这么一个古灵精怪、蛮不讲理的女人在身边，喜欢折腾自己，愿意揍自己，真的是一件简单而难得的小幸福。

走到了有桥、水、风、树的地方，适宜拍照。这点，女人特懂。陪女孩子出去的下场就是，她分明只是女人，却要你给她拍出女神的效果。拍坏了，风吹草木的声音是听不到的，能听到的，是骨头的吱吱作响。

返回的路上，遇见玩耍的孩童，一个一个给他们分发着零食，喜欢这份感觉。出到火车站，离车来还要很久。坐下，喝水，吃食，谈笑。傍晚了，看见路边那户阿姨一个人把孩子从学校接回来之后又在收谷子，便也上前帮着。女人也宽衣解带地加入了进来，时而拿扫帚，时而又拿起了手机。好几回以为她是在拍风景，细看才发现，在喜欢自拍的女人眼中，她自己才是那最具变幻的风景。

谷子打包好了，便帮着用车拉到仓库。空车的时候，这女人一边坐在车上朝自己吐着舌头，一边轻声地无耻地喊着，卖情人喽，卖青楼去喽。

夜色渐渐落下，火车还是没到。女人便提议想去体验一下摘菜是什么感觉，摘的是小白菜。阿姨也开始留我两吃饭，我不厚道地接受了请求。本想借这阿姨的锅亲自给这女人炒个菜，但阿姨这个小店是做炒粉生意的，只好打消了念头。和女人商量好，阿姨也只是小农，两人合吃一碗炒粉，表个心意，也抹平人情。

有几个当地的人也在这小店里，有的是来闲聊，有的也是来等车。吃完饭的她，看着那些村民，一边跟我小声唠叨着每一个人的身体状况。她是学中医的，我的建议刚要说出口，她便已经开始对着那些大叔和大娘说话，让他们给手把脉，跟他们讲着他们身上可能有的病症，也讲着要注意怎样保养身体。

这样的氛围，这样的事，我喜欢。也感动遇见这么一个女人，思无邪。

火车如约的来了，是时候告别当地人了。她挽着我的手，婉转地暗恋。

八都，是个镇，而这个女人，是座城。

发夹，装饰了女人，而女人，装饰了风景。

暗想，别人旅行，用心；我旅行，用眼睛。

其实，在一起，走走就好，停停也行、无论去哪里。陪着她，看着她行走在笑声里，便是自己，向往的旅行。

你挥一挥衣袖，抡一抡拳脚，都是我的云彩。

31　伐木

你爱美不
如果你爱，我就是美

你爱自己不
如果你爱，我就是另一个你自己

你爱生活不
如果你爱，
终我一生，死心塌地，陪你走

32　青原山游记

一直没轻易动笔。

时间晃荡着,二十几日就这样过去了。

和她的每次行程,都想刻成文字;她翻看我的草稿,每次还是空白。

◇◆

去的那天,元月一日,她的安排。

起得比较晚,等车,清晨的阳光打在她的脸上,格外的美。

站台,还有一对母女,寒暄之后,原来同是去那里。

青原山,她之前去过的地方,猜想,再次去,一是,不算太远;二则,之前留下了心事。

等了十来分钟,公交没到,想着,走一条新的路,也不想套在之前的壳子里,哪怕是新的故事。于是商议着,和那对母女,拼了车。

一路上,各种景致都很平常,留在印象里的,是几个大型的烟囱,撇开污染着环境的害处,倒是它们的存在,让这片空旷的南方的田地,有了一丝陕北的美。中途经过一个地方，估摸着，是带些复古风格的庄园，比较美；想下次去，但是和她，都是不记路的类型。也许，不能去成也好，那些所谓的沿途，都是目的地的点缀。

穿过一片有些小店面的住宅区，眼前，一座桥，一条阴凉的道。女人告诉我，到了，就是这里了。

推开门，下车，卖香火的一些妇人涌了过来，女人说，这次来，没怎么准备，不怎么够虔诚，先不上香，走走，看看就好。沿着这条道走，一路上有人在卖香烛，慢慢也能闻到前面的香火味，再走，就到了寺庙的入口。

跨步进去，大院中间，是一个大香炉，再过去，是菩萨的雕塑。上香的人比较有序，陆陆续续的，也有一些会跪拜。和女人站在一旁，看了会儿这些烧香的人，从侧边，女人说，带我上山走走。

第一次比较正经的来寺庙，感觉这里面，和外界比，真倒也是，相对清静，但四处瞧瞧，很容易发现，也难逃人世间的烟火，恰如禁止在寺内打电话的公告栏旁边，一位和尚，扫地的同时，手机通着话。

往侧边走，是一条缓缓地山路，很宽阔。沿着它走，进入视线的，是犹如辫子般交叉着，整齐划一的缠绕着的藤蔓，粗老的表皮下，藏不住的，是深厚的劲道。给人同样感觉的，是那些年岁久远的老樟树，以及树上长着的那些喊不出名字的如伞、又如网般看似枯萎的枝藤，煞是有着生命的张力。

女人也不是全然地信佛，但是常说起，也喜欢来这类地方。奶奶教导过她，在寺庙的时候，男女不要牵手。而对于自己，带些敬畏的时候，不怎么会去拍照，譬如此刻，哪怕再想拍她，也想着，先缓缓。路边,有一口泉水,水清澈,不深,被来这边的信徒瓢舀了不少。再走,看见的是一棵稍显怪异的树,看它旁边配的文字,知道它的当年,乃是倒插而生。

很快,走到了一座塔前,看了看说明,知道里面安放着七祖的肉身,可能是这个原因,顿生了油然敬意。像是参拜布达拉宫的那些捧着酥油茶坐在路边的圣徒,跟着不多的人群,合十着双手,静静地绕着这栋塔身,虔诚地踏步。平时没事的时候喜欢要么并排走,让领导走自己前面,这次被她轻声地唤我走前面,那一瞬间的微妙,让心颤动。

停下来后,俯视了一会儿,百米之下,一片苍郁的树,两栋威严的屋。淡淡的烟熏,淡淡的雾绕,站在这个角度,视线所及,肌肤所感,大概就是神仙们的快乐了。

这时候,先从这返下山去,女人聊起,浙江那边有一个寺庙,那里面的内饰效果特别的辉煌,刻意制造出极乐世界的感觉,试图让见了的人相信世间真的有极乐世界。也聊起,最近这几年,争取把她奶奶带过来走走。她这女人,对家人的感情,更多的是寄托在她奶奶身上。

下来,又到了寺庙前,这回,从正堂进去。今天是初一,来庙里的人很多。快到午饭时间,看到很多和尚在一个厅里念着经,跟在外面聆听的,是各个年龄段的人,有的心虔诚,有的只是游客。僧人们一个厅一个厅地换着念,僧众们也逐个殿堂地跟着走,和女人也随行在这批人里。听着听不懂内容的经文,氛围的熏染,不信佛,却依然能体验那种心被漂洗得更清澈的感觉。

仪式结束之后,人群渐渐散去,各自有各自的活动。出去的路上,走着聊着，路中间，一张五十的钱币，被我捡到。她笑我幸运，说我，眼睛好使。女人提议，把钱捐给寺庙，真性情。我抗议，把钱留着吃饭用，真处境。

走着走着，到了停车场，发现，这里附近有一个度假村。看到介绍说，有自助烧烤，还有游泳馆，于是，去看看。往里走，风景很好，人工和天然结合得很好。找到了烧烤的场地了，了解之后才明白，工具和食材都是自己带，这里只提供一个厨灶，四周有水泥凳子的场地。至于游泳馆，则没能找到在哪里，大概是在围着的宅院里边吧。而真正四处走走，看得到的，是很多的度假别墅都被荒废了，经过一个接近干枯的池塘，糜烂着的，是淤泥的腐味。

从度假村出来，女人知道这旁边有动物园，有些想去，但没问到路，暂时只好作罢。四处打量，看到有修好的台阶通往一座高山，看着时间还挺早，于是商议，试着爬爬这座山。

台阶修得很好，但走得却感觉累和无趣，不多时，女人已经热得脱下了袖口和领口都有白色毛毛的外套，一身酷酷的黑色搭配开始亮相。好不容易来趟这里，想让女人试着爬到山顶，于是使出各种小伎俩。女人平时不怎么想事，她在想偷懒的时候，脑子好用得很。她开始问下山的小孩，离到山顶还要多久，山顶有什么。怕小孩说谎，还专门让我去问人家大叔。知道实情后，终于，女人开始了她无奈而绝望的娇媚，跟我讲，说，小时候是妈妈经常骗她去爬山，现在长大了，是被我骗着爬山，哼，坏人。

料想不到的是，刚骂完我们是坏人之后的女人，她自己倒腾了起来，趁着一些小朋友的家长没注意，无良地哄骗起了别的正在上山的小孩，告诉说，山太高了，别继续爬了。而小孩子们哪会理会这些，他们自有他们的童趣。好玩的，莫过于看着上山的家长们领着孩子，同下山的家长们领着的孩子隔着二三十米的距离对吼，空气中，阳光里，弥漫着无邪的清脆。

在山林里，女人也很欢喜。知道女人平日锻炼得比较少，所以每走一段，就会停停。有时，也会故意不走台阶，踩在松针泥土上，才切实体会着爬山的妙趣。

终于，走到一处可以坐着歇脚的地方，女人一坐下，第一个动作就是叫我给脱鞋、脱袜，一路上装女神装了那么久，这一下，直接暴露了真性情呀。

前面一直没怎么拍照，这会儿在登山了，终于觉得是时候了，女人也特别懂意思，相机一打开，女人便回到了她自己最美的状态。只顾着上半身，殊不知，脚丫都暴露在画面里了。提醒了一下，立马把脚丫藏在了一个酷酷的姿势里。路过的同龄女生都轻声感慨，好漂亮啊。这一刻，女人心底肯定很美。怕挨揍，不然我一定温柔地吼，嘘，淡妆，淡妆。

休息好了，女人也同意，继续朝上走，要攻下这座山，看看它这么长的石阶连着的山顶，究竟有什么好玩的宝贝。女人说了，上到山顶之后，我们一定要好好拥抱一下，庆祝我们共同的成功。发现，最美的俯视，是站在半山腰。

最是山顶的那几声吼，朝着山谷，有时谦谦，有时无良。爽朗的，是那天的笑。女人在上山的途中最好玩，下山的时候则最酷，不累了，开始摆各种姿势给拍照，从山顶到山下，有合适的衬景时就叫喊着，要拍啦。

下了山，时间到了下午，还不是太晚，原本准备出来玩半天，但今天回去了其实也没其他事，出来了有她陪着，就想多逗留会儿。想了想，差动物园没去，而这次有心去，问路也问得便利。

路上，树叶堆满房屋，阳光透过不厚的树林，站在阴冷的地方，挥霍挥霍手，也能捡拾很多的阳光。慢慢地，往里走，逐渐阴凉，也开始传出了吓人的声响，该是鬼屋的叫声。来到了售票口，票价有些超出预期，女人说，别进去了，旁边走走就好。银子不多的时候，也只好讲求生活的实际。绕着外围走，到了水库边，松针下，不远处，有些人在碎步着闲谈，有小女孩在捡着松子，女人说，躺躺，休息下，晒会儿太阳吧。

看着她安静地睡在阳光里，不禁感慨，内心简单的人，真好。

太阳冷了，取道回去，一同踩着路边堆积的树叶，沙沙作响，而这个女人在身边，还真如琴弦，又似音韵。

生活，如此就好。

平凡的山水，平凡的行走。

一切都很寻常，没有惊喜，没有太大的快乐，但因为她的陪伴，内心，微微地笑。

辑四

人世

33　以一个和谐的姿态同世界微笑

二楼，关门，楼下，大道。
又隔世，又入市。
写文字，像是酿酒，淡淡的悲观，以及，不慌不忙的时间。
毕业，离开校园，三个月了。
自己创业，自由的最高境界，不自由。

◇◆

上班的地方，两个公园。上班的路上，途径一片悬满柳树的林荫。
很多的琴声，收费的，听不懂。
琴行一条街里，是我的书店，我的学堂。
少有朋友来访。毕业了，各奔东西。
第一年出社会，每个人都过得艰难。
难得联系，即便联系，为名，为利。别人，偶尔如此。我，经常如此。
看得明白。没办法，为了谋生。大家，都一样。谋生，亦谋爱。

长垢的水里，冰洁的莲花。难得纯粹，仍有纯粹，感谢纯粹。

人群，熙熙攘攘，鱼龙混杂。鱼多，龙少。

每个人都有着不同的谋生方式，有的精明，有的赖皮。

那个事业安稳的中年，天天唠叨他那不争气的家人，聊天中途，却又聊女色。

有事去找人帮忙，话都给得好听，最后却什么忙也没给帮。人在社会，越是还没实力时，自己的问题，越是需要自己解决。

庐陵，离得再近，不是龙泉，就不是家乡。

奶茶店，和老板聊天，知道他之前干建材被人坑，现在做奶茶，孩子读小学，老婆是房子的销售。

广告店老板，买断工龄，开了这家店，盈利可观，儿子却偏爱于走关系，不愿意干实事。

那个电器店老板，女儿学习看似很好，却更像是拔长的苗，精神看似童真，实则扭曲。

爷爷们的形象其实本应该和蔼，一个狰狞的孙女，原本映照不出老人家的脾性，唯独利益面前，露出发疯般的狂躁。

卖二手电动车给我时夸车夸到眉飞色舞的妇女，创业两个月后缺钱，准备把同样的这辆车低价卖回去给她时，嫌车嫌到嘴角抽筋。

也有一位大叔，每次碰见，都是拿家乡做引子，千篇一律地重复着同样的发问，仿佛在考验我对于同一个问题能否创新出无穷的回答，这就算是人际的基本礼。

有时也会遇见一些欺软怕硬的中年人，既悸怕我手里握着的法律条文，又存有一堆比他本人都高的、停不下来的贪念。

没有招牌的小店铺，简单装修的小车库，这些地方，都很有可能是麻将馆。隔壁店的老板娘新结识了几位朋友，都是老太太，话到投机，又去了她家。麻将声响起。

爱看书的小孩子，屈指可数，但也庆幸，能数出几个。那个带着小孩来我店里看书，可自己还乱扔图书的妇人，真想把你扔垃圾桶。

或许，每个人都有病，许多人，也都无聊。

一群无聊的人，站着，坐着，躺着，看着另一群人的无聊。这就是这个世界。

年代在变，秉性在变。这年代的文化，是快消品。

家长们看似文化多了，其实，脑子里面，血液里边，大抵无物。没有质感，亦不见光泽。

或许，学校也好，社会也罢，竞争让人类丢失儒性，日渐兽性。

兽性就像是关在潘多拉魔盒里的珠宝。

这年代，缺钱的人，缺珠宝；不缺钱的人，缺魔盒。

其实，没什么可恨，没什么可爱，微笑就好。

世界也就这样，乌压压的一片人，不大不小；不算美，也谈不上脏。

改变能改变的，接受不能改变的，终有能改变它的人与礼法。

万事万物，自有它的秩序。

一切呼吁，皆有目的。

正如，这个呼吁：

以一个和谐的姿态，同世界微笑。

34　苟且偷生

有人露金，有人露银，
还有人高声语；

有人走光，有人走秀，
还有人说抒情语；

小孩生气，大人哭泣，
倒置的世界，你难得伯牙语；

有人同行，有人管你，
寂静的江湖，你不过半桶水；

有人假病，有人真愁，
平凡的世界，你最好喝白水；

有人酒驾，有人出轨，
满城的风雨，你最好别进水；

春种秋收的日子里，
你在行善，我在求雨；

有人沦落，有人鹊起，
同是天涯，有时说哑语；

有人站街，有人跳水，
女人的世界，你最好懂鸟语；

租来的屋里
也可以，看那流星雨
实在要伸出头，就唱段论语

35　店中窥人

整洁好书店，清理干净课桌椅，看玻璃外的世界，在一楼，或，在二楼。

差点要丢掉的笔，此刻捡起。

车轮声，谈话声；小风，无雨，夜，静静的声；不见人。

◇◆

人在种葡萄园，酿酒，卖钱为生，醉了，写字。

光天化日地偷窥，窥视自己差点就成了的那一些人。

书是酒，就好了。酒，贵，利润高，又好卖；书，是教材，反面教材。

右侧店，可按摩，可餐饮；左边店，可买房，可麻将；中间店，不见你路过。

闹市里面，大隐，吃小隐。

你，在深圳外贸；你，在教师队伍；你，也在国企公务。联系，断断续续，你断了，我续，清一色的市井小民。

没什么可炫,没什么可耀;安静地坐在书堆里,看不安静的看书人。

开始卖教辅,开始腐。清一色的要成绩,清一色的要钱,清一色的不守信。

偶尔路过的朋友,还是没改变。有事过来的,有情过来的,还是会来。时间隔开,空间隔开,和以前的朋友,大底,已经没事,没交集。

挺释怀的,那些次,四五种人,三四匹马,出门迎接,发现,非友。交过,集过;没有焦急过,就不算朋友吧。

躲在一个小角落,对人无用,就不会被联系,除非真情,除非假意。

一阙阙的文字,保持着和你们的联系,也不知救赎了谁,伤害了谁。

原先嫌弃的事,现在接受了,接受总有人会去干那么一些事;原先不看好的人,现在原谅了,原谅他还是那么一个人。

遇见的人,越来越多;可以责怪的人,越来越少。人人都有他的难处。

每个人都按着自己的轨迹走,偶尔出轨,也不知哪里去找来那么大的引力。魅力都是假象,柴米油盐才是真实,每个人的真实。

幸好,我还有个店。那个在黑暗中大雪纷飞的人啊,没忘记我是谁。

不幸,被拆穿,是辗转租来的店。

信任缺失的,店里,店外。人,太傻了;独谈到钱的时候,太聪明了,聪明到让人不能愉快的玩耍。

因为历经折腾,内心愉快,服务效果到位,谋生层面的基本开销,逐渐地细水长流。来世间一趟，多少也愁金银，不想太去愁；不厚道的钱，尽量不赚。

铮铮铁骨，砸在钱上，发出清脆的声响，铁骨赢。

一个中秋节，一次夜游，江面的风，那么凉；人心，还是那么躁。

路上，哪有人哦。一个个的人头，是一桶桶面值不等的钞票。

嘴里有物、心中无物地干杯；灯上有愿、心中无愿地许愿。

江边捡垃圾的大爷，等着几百元般虚幻的烟花，绽放出几角钱般真实的笑脸。

"都会回到本质上来的。"

"会的。"

"有空过来坐坐。"

"没空。有空会的。"

市井里的对话，风中飘来，又飘去。

36　十亩之间

可能是
好久没和你们叙旧了
一点小酒，一条小路
一滴当年的小忧伤

可能是
好久没读书了
书的味道，带着墨香
翻着翻着，像是晒着太阳，梳着妆

可能是
天天在和自己的工作打交道
心地朴素到荒凉
在优秀中堕落，在堕落中虚空

在虚空中求缘，在缘中解结

缘填不满，结解得开

扬一些沙，翻一些画

在这桑田世界，偶尔怀念你

37 我就是想停下来，好好写写字

放下刚结束又总结束不了的工作，不去理会接下来敲着这些字是怎样一个逻辑，怎样一种逃离，趁着整个世界都在旋转，躲在大厦的一角，敲打属于自己的文字。

确定没有家长这个时候来找我，确定这个时间点就算有学生来上课我也不带，确定书店这会儿有生意我也不做，确定即便到了晚饭时间了这次我既不打算出去吃，也不打算自己做。

创业一年多，眼看着生意肯定会越来越好，但是我如果不坚持不执着却会丢掉自己的文字。我还是想：停下来，掰掰手指，跟自己较劲。

人有时候，真的很容易习惯一种状态。习惯之后，不论自我感觉如何，就不再改变。此刻，正担心未来的自己会不思进取。选择了创业，本身就是一种没有保障的工作性质。我只有给自己注入足够多的新鲜血液，我才有可能活得有激情、有风趣，这个机构，才有可能长存。

好久都没跟同学朋友们主动联系了，很想。经常在累了的时候，看看空间里同学朋友们的状态。同学的工作感慨，朋友的平凡小事，每一条心情，每一件小事，都让人欢喜，欢喜地看到同学朋友们的情感表达。

现在的自己，既有足够的自由，但又更像是一位搬砖工人。深深明白，想要怎样的生活，是要靠自己的奋力去争取。这个傍晚，我如果不逼着自己，把时间停下来，让自己闲下来，挤出这份看似紧迫的时间，那下次写作，真不知要等到什么时候。

这次写作，是刻意的，在这种境遇下，文字也就出不来原本该有的感觉。然而，一个爱看书的人真正会挤出时间去阅读了自己想看的书，一个爱写文的人真正会去挪出时间去把一个个文字敲打出来，我想，这种抗争，恰好能给我这种创业模式的生活状态里，带来独属于我自己的一份小快乐。

工作再忙，还是不敢忘记自己工作时的初衷，该调整的时候，适当调整自己。毕竟，于我而言，工作是为了养护生命，生命是用来感受美好。此刻的我，担心的恰是，害怕时间彻底被工作占据而丢失自己原本想要的那份自由。此刻，竟真有新家长带着新学生来了，让推掉；不是不爱钱，只是更爱字。金钱之外，终归要有一点情与趣的追求。

一直想写文字，一直想看书，只是想想。最近这半年时间，近乎全然泡在了工作里。选在今天这个随意的日子停下来，实在想喘口气，也需要喘口气。

再不疯狂，真的就会这样惯性地老去。疯狂地挤时间，不为别的，就想多有些属于自己的时间，不用去担心工作，不用去整天想着赚钱，安安静静地待在世界的某个角落，细嚼慢咽自己的无为心事，看一看好看的文字，见一见好玩的人儿，像是海子面朝大海的劈柴、做饭，如此，算是我要的好生活。

越活下去，越发现这个世界值得看的好书真的很多。工作本身虽然能给人带来钱财和成就感，但工作毕竟是为了生活。人间倘若仅仅是围着柴米油盐打转，是小快乐，不会太快乐。所以要找好玩的，要走正道。文学是好玩的，但也避免不了是要有所牺牲的。

福楼拜那小子曾恳切地说：如果你以艺术决定一生，那你就不能像普通人那样生活了。喜爱文艺的人，何尝又不期望能像普通人一样只想着柴米油盐、衣食住行。其实也想，但是有度；上等的灵感，通常不眷顾掉进钱眼里的人罢了。

回头看那学生时代的自己，很多人没法理解自己。当时，风格太僵硬，但想想，这几十年下来的僵硬，不过是一场自我的约束罢了。舒展，是一个时机的问题；而约束，则是对自律的考验。想想逝水流年，感谢一路走来的各种遇见，是你们浇灌了我的思考和成长。

当年那么痴、那么呆的我，也好在有你们一些人的不嫌我烦，不嫌我傻，肯陪着我。我能一直沿着自己想要求索的路径走下来，真需要感谢周边的某些个你们，参与保护着我，这份不甘世俗的心。

谢谢平日里你们的陪伴，让我能长成现在的模样，我喜欢现在的自己，也清楚自己僵硬不堪、不被理解、不被追捧的过去。

虽然好久没联系，只要一想到你们这些心灵和我同在，真好。

我们都是俗世凡心，都要工作、都要奔忙、都有压力，而你们许多人都愿意把你们灵魂的闪光面给到我，愿意卸下你们自身的繁忙和面纱，陪我闲聊，陪我咳叨，编织属于我的心路历程。你们在，真好。

每场遇见，都是意境，你们就是我的诗。

38 苍茫

看不见,看不见
兴奋,欣喜,孽

看见了,看见了
影子,模子,梦

从乐府里来的吧
来了,来了
是的,来了

像初春的晨光破晓
像葵花的幽咽烂开

39　绿花

一直都没好好给你起个名字,你是绿色,也就一直"小绿""小绿"地叫着你。

遇见你们,是在公园的游乐场旁边。一个读大学的女孩子养着你们,没精力继续照顾,于是把你们带了出来。一起售卖的,还有一些花环。

本来想只带走一只,但怕你寂寞,于是把"小黄"一起给你带来了。分不清你们谁是男的,谁是女的,但看见你们在一块,"叽叽喳喳",蹦跳说笑,一下把人的思绪带进了树林,带进了自然。

创业的日子,是奔忙的、辛苦的,也经常是无助的。连听听音乐,都是一件奢侈。你们到来后,每天给我唱起了歌,唱起了自然界和谐的音律。

每天,你们拿一大把的时间来梳自己的羽毛,你们小嘴啄来啄去的样子,甚是好看。而跟你们天然的羽衣比起来,人类真是羞涩。层层叠叠的颜色搭配,织就了你们与生俱来的美丽。

让人欢喜的,还有你们的聪明。见了几次给你们打开笼子,喂小米,喂水,你们就自己偷偷学会了怎么开笼子。连绑上了铁丝之后,你们都能学着解开，还知道两个人一起合作，用灵活的小嘴巴把笼子的小门提起来，然后飞出来。

见你们想自由，也偶尔在晚上下班后，把你们从笼子里解放出来，让你们愉快地飞一会儿。这时候的你们，像极了脱缰的野马，这飞飞，那飞飞。一会儿试一下能飞多高，一会儿啄啄飞行途中遇见的各种新鲜小玩意儿。小绿你胖一些，体质也更好一点，而小黄飞一会儿就容易累，累了之后，气喘吁吁的样子，煞是可爱。

飞习惯了，你们就更开始向往外面的世界。终于，你们又一次合力把笼门解开，猜想，是小绿你力气大，用小嘴巴把门提了起来，然后小黄抢先飞了出来；没有小黄替你提着门，你就一个人憋屈地剩在了笼子里，还一副好委屈的样子，干了坏事还卖乖的熊样。

发现小黄不见了，疼惜了好半天，一种落空的隐痛，淡淡地蔓延，萦绕。但幸好小黄你是不善飞的那一个，而且，小绿也还没走，你一个人走远了也没啥乐趣，因此，我对于你会回来找你的小绿，还抱着幻想和期待。

你是下午飞走的，等到晚上，终于，被旁边开店的人逮住，抓了回来。他们都认得你，认得小绿，知道你们是我家的。失而复得的，是一只小鹦鹉，但那份快乐的重量，显然像是失而复得了一个失散多年的老友。

受了惊吓的你，回来之后，整个人都不淡定，丢了魂魄般的感觉。记得平时都是你欺负小绿，而这一次，反过来了。你一回到笼子，小绿就一直啄你，还一直"叽叽喳喳"地朝着你大声叫喊，而你，低垂着头，也不吭声，不躲开，俨然一个犯错的小孩。

从你们的身上，时常能照见人性里最纯洁的部分。我喜欢和这样的你们在一起。虽然给你们喂吃的时候，把你们捧在手心的时候，你们还会啄我，但在我手里，你们平静又从容，不会怎么挣扎，啄，反而像是你们对我的亲密招呼。

记得有时把你们放出来飞，你们还会逐个降落在我身上，走走，爬爬，小爪子挠得肩膀和脖子直痒痒。笼子里，给你们配的小秋千，也是你们特喜欢的玩物。还知道按顺序攀爬上去，然后小绿荡一会儿，小黄又会来推你下去，乐此不疲。

可爱的，还有你们睡觉的模样。小眼睛闭着，小腿有时单脚金鸡独立，累了还知道换一只脚。不喜欢有外界声音打扰时，你们还知道把脖子一转，头直接就埋进了后背上的羽毛里。单脚站，外加向后藏头，酷得不行不行的。

在睡醒时，你们还会互相帮着梳理羽毛。你们身形虽小，但尾部配着宛如孔雀的长羽，随着天气逐渐变热，你们竟然知道帮着对方去把长长的羽尾啄短，啄断。真佩服你们的协作。明明就是两只爱漂亮的小小鹦鹉，要把酷酷的长尾啄短来让自己凉爽，这样的牺牲你们竟然也愿意，这样的取舍你们竟然略有参悟，造物主真是神奇。

夏天来了，你们会经常喝水，也会经常把喝的水用来洗澡澡。你们的小水池里面，都是你们的鸟毛。而弄脏了，就不愿意去喝；小米吃完了，也知道叫唤，吵着嚷着要给你们添食物，跟熊孩子一样。

白天，你们跟我在店里；晚上，也都把你们带回住的地方。而每天跟着一起，早晨出来时，晚上回去时，这一路上，都是你们"叽叽喳喳"最厉害的时候，每个叫声里，都是欢快的音符啊。

最喜欢的，还要属你们俩的鸟味。很淡，很淡，凑近鼻子，才能闻到，纯纯的香味，像深埋多年的酒香；厚重的温暖，是鸟儿独有的生命气息。

两只小鹦鹉，编织了我这段时间里，许多的平静和欢喜。谢谢你们。最近几天，很累，四面皆兵，草木无援的感觉。而比我先倒下的，竟是小绿你。早晨起来，都不知道你为何就这样倒下了，但是感激的是，你最后的时光，还真留给了我，让我陪着你。

僵硬的身子，慢慢地闭眼，又慢慢地柔软。

闻着你的鸟味。想着，自己的得失。

40　镜花

触不着，碰不到
镜中的影像
隔着玻璃一道

小时候，喜欢照镜子
哈气，薄薄的水雾
静静地开心、难过，
一会儿就蒸发的小字，写在镜上

长大了，喜欢写信
悲喜、忧乐
放在文字里，装进信封里
信，是长大了的镜子

男人，要是抑郁
总有原因

哈气变成了叹气
写信变成了拍头,变成了静坐

又想起,那颓废的二三年
炫目,耀眼,像活生生点燃的树
灰烬,凋零,不见果实
是花,又不是镜

41　想想，谢谢

经常，说着谢谢；偶尔，也说着不谢。

还真不知，原谅什么，不知，感谢什么。

那些遗失在过往里的人，带走一个个的故事。每次，坐新的车，去新的城，又总要认识新的人。

旧的故事都没完，新的故事，又要开始。

总觉得和旧人的味，最浓。可，时间走了，谁还在等呢。都要谋生，都要交际。

当人还生活在谋生的这个层次时，社交这东西，挤兑着友情，也搁浅着感情。

若隐若现的难受，难受那些没完结的故事，还有故事里，那些没把剧本念完就走了的人。

很多的感情，其实都很淡；而世上，又多是些不愿意承认多情的多情之人。

多情，其实是泛情，是容易的，而且还是容易捡着好处的。难的，是专注于那么几段情。

痴情，痴来痴去，容易疯癫，容易不被理解，多半是痴来坏结局。

泛情和痴情之间，也总有那么几个人，在跟生活较劲，在跟大家习以为常的局面较劲。

有时真得感谢，有些人雕琢着产品、服务；有些人，掌舵着国家、民族；还有些人，经营着各自的精神家园、理想国。

世界，因此，形形色色，好玩。感慨造物，真是神奇，造出如此一张精致的网。

静止的网，是美的；而动起来的网，又是复杂的，令人纠结的。

网来，网去，来来往往，大体都是为了网利益。

金钱，赋予了这个世界以动力；权力，赋予了这个世界以秩序。

没有金钱，纯净得好尴尬，也就没有启程去看友人的闲暇；没有权力，自由得好轻飘，轻飘到头，反而被有权之人，给倒腾得真不自由。

嘴里讨厌钱权，脚步追逐钱权，心里，伤疤一片。

伤疤好了，想去见很多的朋友，想去到你们的城市，和熟或者不熟的你们，一起聊聊我们以前没聊完的天，虽然对你们本身有我无我都是一个样的生活而言，这是一种插足。

好多的人事，走着走着，就真的散了。聚一聚，又在一起了。才发现，数学的点、线、面里，藏着对这个网状世界的极好诠释。

常人，稍有情感，先是用于皈依家庭的，再有剩余，完全可以用来怀念，深深浅浅的遇见。

希望你们，遇见温馨的家；希望时过境迁的我，遇见你们，当年缺席的好时光。

世上有这么多的人，这么多的故事。各有各的精彩，也各有各的悲伤。

来来往往的人，去到不同的村落，路过不同的城市，铺开不同的小故事。

有些故事朴实，有些婉转，还有些，绵长。世上不乏故事，也不乏讲故事的人。没有哪个故事更精彩，也没有哪个故事更暗淡。太阳底下，无新事。

平行的世界，多元的生活。话少的我，你们肯定都觉得跟我不熟，而其实，你们却真实的，烙印了我。

好久不见，路过各自的城，抽空，就见见吧。

抽空一起，简单地静坐，或者闲聊，消磨一些必定留不住的时光。

42　各自的朝圣路

路上，脚印，许多；

许多今人，一些旧物，心事；

谁的心事，穿着袜，朝前走，朝前走。

◇◆

从校园出来，进入社会，两年多了。

聚少，离也少；偶尔去趟车站，经意间，站成一个老者。

不愿意南，也不愿意北，却执着地想，叶落，归根。

挣扎，挣扎，挣扎，跟自己较劲。气盛，气衰，其实，年轻。

也许，是跟这个时代较劲，挣扎不赢，微笑着，气衰。到最后，无啥可气。

每天，很多的人在奔忙，围着权势，围着金银。嬉笑，成了社会；怒骂，成了泼妇，含蓄一点，成了文章。

夜深之时，备好纸笔；泼妇，最适合写文章。写文章的人，没吃饱，没撑着，心里有事，说出来，成了人；在说和不说之间，看见了纸笔。

落款之后，泼妇，最温柔。

水是温柔的，大部分的人，还是不像水。做水，也难。宁愿是一棵苍松，一株水草。

终究，是人。

原先觉得，人，普遍是粗鄙。渐渐在人群里，渐渐参透，谁又愿意粗鄙。

千姿百态地活着，都是为了活好。

所谓的宁静，那是因为，生活已经无忧，至少，无大忧。

人活着，各有各的姿态。凭借着自己的小能力，生存在这个世间的，有时候都可敬。

有些人，强势而狡黠。能凭借强势而生存，也真算是他的本领。

再有些人，懒惰而有依靠。懒惰，还有人愿意跟着他，养着他，那是他有福气。

对这个世界善良的人，虽然总是被这个世界欺负，但如哲人所安慰的那样，善是对善良之人最大的奖赏，恶是对恶人最大的惩罚。

没有定数，充满未知，这是这个世界的特征，也是千万种人，千万种姿态都能生存的机缘。

生命，终究是要面临十字架上最终的拷问。一辈子安乐也好，动荡也好，都是种经历。

世界，因为每一个不起眼的人的不起眼的经历而变得丰富，他人，因见证这些经历而有了话题；无人的时候，见闻开始沉淀，变得厚重。这样，一代比一代更有升华的可能，也一代比一代更有顽劣的可能。

就像音符，排列组合那么多，而大部分的好旋律，早已经随着旧时王谢堂前燕，绕梁而出。

在每个他人眼中，别人的人生，只是一种经历。

而在每个自己眼中，自己的人生，都是种修为，是种朝圣。

大千世界，不同的人，修不同的为，朝不同的圣。

你看来是虚无，别人看来是神圣，角度不同，境界不同，观点不同罢了。

看淡一点就好，各有各的活法，各有各的姿态。

微笑着，虔诚着，朝前走，朝前走。

走到自然的终点，回看往事，淡淡的，笑一个，都神圣，都可敬。

43　在这个美好的世界里，追名逐利

在没钱的时候，还像个富家子弟般写着文章，是件痛苦的事。

矫情化为现实，现实的欣赏，都是被富商们，或者稳定的企事业单位职员占据了。

没车、没房、没妻的创业者，邻近年轮的三十，真是尴尬。尴尬成悲伤，悲伤成文章。还指望着文章能换钱，更尴尬了。

◇◆

世界很美，美中，藏着希望。这应该是很多年轻人保持着拼劲的理由吧。

这个夏天，给自己安排了几天的休息。

可能也就还剩这一年的夏天，可以停下来这么几天，慢慢走，慢慢看，慢慢写了。

慢中，又带着点焦躁。这么努力，这么卖力，却这么不幸运。

我的绝路，是别人的好路。我的好路，却是别人的困苦，也更是我的艰辛。

每次回家，放慢着脚步，看这个周遭的世界，也看自己的亲人，都是一种觉醒。

亲人身上，尤其是父母的背影里，能看见陌生城市里少有的对于自己的厚重的真情。

年岁渐渐大，长者渐渐老。双亲在本该享受的年纪却还在操劳，而自己却还没有稳定的事业可以让父母不用去那么辛苦，这真的是一种罪过。

世界这东西呢，每天都是这样运转。世上发生的事，世界它好像看不见，却又似乎早已预见。

无常的，是人的世界，兽性的世界，是社会。而宁静的，是这个植物性的世界，是自然。

社会与自然的交织，织出了现今世界的美丑善恶。

美，来自大自然；人在美景中，就容易善。按这样推理，人之初，还真是性本善。

想来，古往今来的学术，最早都是始于对自然的探索，逐渐，则是对自然界里，人的探索。

有时候想想，社会的进步，带来的，还真是人心的复杂。

人，如若都能安于自然界安静的美，该是多好。可其实，人多了，静，也就打破了。何况，久而久之，太静了，也无味。

纷纷扰扰，是种嘈杂，人间趣味，却也在这个嘻嚷的缝隙里，被安静的人，拽出来。

很难说人是求静，还是喜闹。诸多的先贤，无非也是在官场与山水之间切换。先山水，后官场，令人惊叹才华；后山水，则令人追寻其境界。

少数折中的，不在官场，也不在山水，终究，也难逃好为人师的人之患。

平民百姓则最苦了。既想归隐，不理纷争；又想入世，争得名利。其实，两者都难得。困在中间，是大部分人的处境，也正如此时年轻的自己。

名利与归隐，社会与自然，比作围城的话，有人进，有人出，这是围城的特征。

出世与入世，进与出，此二者，都经历，都感受，方得见过世面的圆满内心，方得俗世的乐趣，这兴许，是围城的玩法。

而城里城外，变的，都是表象。

洞穴变成了瓦房，变成了洋房；蒲扇变成了风扇，变成了空调；步行变成了单车，变成了汽车。

变来变去，围绕的，仍然是衣食住行。而推动这些变化的，则是人类对于生活和利益的追求。

行走在这样的世界，原先会难受，会惆怅；总有很多人事，让人难接受。

而逐渐，或许说是被慢慢地洗脑，慢慢地同化；但可能，更多的，是看见了人在世间，皆是商人，皆是政客，也皆是艺人。

万事万物，自有它的秩序。星空和地球一样梦幻，也一样突兀；商厦和民居一样光泽，也一样冰冷；闹市和田园，一样喧嚣，也一样宁静。

庞大的体系，庞大的文明，造物，真的是神奇。

看开了，看淡了，该追求的，就去追求吧。名也好，利也好。

你追的名，不是名；你逐的利，不是利。

爱家庭,即是爱世界;为别人服务,为世界服务,名利双收,收得干净。

源于家庭,源于爱,回归家庭,回归爱。

不大悲了,不大喜了;在平凡的世界,点一炷香,做一个干净的人。

万事万物,有灵且美;你不懂我,我不怪你。

嚼情

辑五

生死

44　从前的从前

正月初二，条条大路，回娘家的队伍。

阳光好，云白，热闹的，是尘土，是喇叭声。

人声，淹没在车轮声里。

回娘家，回外婆家，回舅舅家，回的是山水，是自然里。

自然，让人敬畏。值得敬的，是因；值得畏的，是果。

犹记得少小时候，妆点自然的，是用背带背着的小人儿的呢喃，是小夫小妻骑着自行车，拎着小补品的喜悦。

如今，放眼路上，心思在寻找着残景，而视网膜投影的，更多则是一路上的车辆，以及路旁的各种大小广告。

那时数过的路边一百九十余张的石凳，还能侥幸发现几个。二十几年来，在路的临水侧边，当年某天开始的崭新一立，立成了此时的遗老，布满的灰尘，都是汽车来往的恩赐。

喧嚣的水泥路上，行人匆匆，本是一种车水马龙的优美。人，都是聪明人，奈何还擅长于精致地利己，以为挤出一条路，超了前方的车，就是捡到了极大的时间利益，却忘记人与人之间的和谐，才是莫大的乐趣。

路还是平时那宽大的路，不守秩序的机器，硬生生地把不常有太多年轻司机经过的大路，变成了此时人群口中的小路，击碎着贫穷年代不拥挤的美感。那握着方向盘或者车龙头的不笑的脸，偶尔在人堆里遇见亲朋，喇叭一声响，也不知是在和朋友打打招呼，抑或是在催朋友让让路。

纷繁的发明创新，丰富和便利了人们的生活，替代了诸多本该世人亲力亲为的行为，也是在这个过程里，世人们的社会分层不知不觉在拉得更开。自觉的人，享受这个时代的便利，也在自己的身上，克服着这个时代便利背后的弊病。

科技的发展，生意的出路，围绕的是人性的弱点，解决的是人们的基本需求。在这个过程里，梯子摆在那儿，造势或者顺势攀岩的是人生赢家，黎民百姓们，作为整体是弄潮的主角，作为个体，则更相当于是配角。

作为朴素的个人，短短二十来年的时间里，见证着周遭的世界在一点一滴地发生变化，大到一个个城市的一座座房子在改头换面，小到父母的白发和面容留下着光阴雕刻的印记，不禁感慨人与造物之间共同的化沧海为桑田的力量。

然而，世界再变化，终究是太阳底下无新事。生老病死，衣食住行，是人这类物种亘古不变的主题。来世上一趟，常人习惯追逐的是钱权，真正属于自己的，还真是身和心。

拿出行拜年这个事来讲，小时候去外婆家，一个来小时的路程，路旁的树，路旁的石头，路旁的水，都是难得的玩物。欢蹦乱跳着，山水的隔阻间，欲快而不能的行路，赶路的漫漫过程是载体，一路的自然风光是催情剂，等最后终于到达，对亲人那淳朴的思念，也就完整的发酵成形，闻着都让人迷醉。

如今的拜年，物质充盈了，路途的情感酝酿被车轮加速了，礼品也不再精挑细选，然而，看似平淡的背后，随着这么些年对物质审美的乏力，以及整年在外经常与各类社会人士交往的经济往来，对于难得的过年团聚，亲朋间的走访，也渐渐能重新看到已经走上社会的亲朋们对团聚的珍视，烟酒牌之余，也会想多说上几句话，多了解些彼此的近况。

长者关心着年轻人的工作事业，晚辈挂心长辈们的身体安康。家族里，外公在多年前离开了，大舅则在操心着整体的族人，长兄如父的感觉，溢于言表。

时间，带走了一些长者，也哺育着渐渐成长的中年，而每个年代年轻的小孩们，也许，这年代的玩物是手机，电脑，网络，早先是玩蹴鞠，玩蛐蛐，玩爆竹。

不同的年代，实则相似的成长。人不同，志不同，懂事早晚不同而已。志大的人，玩物有时也是在养志。

每个人，喜爱什么，追逐什么，终究是各得其所。

只是，从前的车马更慢，钥匙更精美，更有样子。

今天，也会是年岁更老之后的从前。

如今世上的人，如若能够多些经历，多些体验，千百年后的人们自己，待到老去，依然能够怀恋自己那年少时的从前，手机不伤眼，机器更智能，人与人之间，会微信，会淘宝，也会百度，这何尝不是〇〇后的从前慢，何尝不是另一种精美。

一代一代的人，一代一代的相似，无中生有的代沟，慢悠悠地聚会，慢悠悠地上网，慢悠悠地可以试着种种花，于你，于我，大家都一样。

日子慢慢地，慢出温馨，发酵的，是平凡生活本真的味道，本真的美好。

45　奔三路上的彷徨

家乡这边，会采用虚岁的算法。

先前，还可以搪塞："二十几，刚毕业，刚出来社会。"

那时候，爸爸妈妈的青丝间还没有现在这么多的白发，总感觉爸妈会一直停在中年，一直不老。

那时候，爷爷奶奶脸上的气色还是很好，到如今，日渐佝偻，稍微一点碰撞，整月都是瘀青。

人变老，好像真就是一两年的事。稍不留神，岁月的痕迹，就降临在了家人的脸上，身上。

每个年头，好像也偶尔能看到同学群里有人在喊着聚会。

还在上大学时，听到有老同学的聚会，基本是不需要考虑什么，也没啥好顾虑，只要时间能安排出来，直接就去参加了。每场聚会，虽然来的人是零零散散，然而五十人左右的班，能来参加聚会的，哪怕来了就走，合在一起，终究也能是十几，多则二十。

随着年龄的增长，情况还真有变。

我去感受过去年中途简单的小聚。来了七八人，人数算是多到令人满意了。每个人再贫穷，口袋里都比中学时代要富有，点菜，却都已不再像学生时代那般奢靡；聊天，也渐趋实诚。岁月，愣是润物无声地把每个家庭的小少爷、小公主，日渐调教成了如今的小大人。

看到每个同学都在逐渐地变得踏实、勤奋，为老同学们的变化感到高兴的同时，又夹杂着一份疼惜。当年那些经常不交作业的人呀，多少也算是成绩好的学生心中的混世小妖王，如今也因为生活中的赚钱这件事而变得或者想方又设法，或者勤劳到爆表；当年那些说话欢蹦乱跳的人呀，那是青春的气息呀，如今也因为家庭而变得收敛。

世界，是老一辈的，也是晚辈们的。而好事多磨的，就是这个交接的过程。

年龄，日趋奔三。有事业编制的人，已经按揭买房；早自己几年步入社会的，基本已经结婚，生子。这个年龄，有些东西，你有的我没有，我有的你没有，难得有谁齐了全了，奋斗路上的聊天，真是尴尬。

像是同学聚会而言，暂时的聚，或者不聚，情感都在那里。

而婚姻，好像却不是这么个逻辑。

这一时半会儿，一年半载，还没房，还没存款，尤其是没事业，年龄却已临近三十。把诗情画意的遮羞布扯去，看看自己柴米油盐的真实，竟是如此之囧。

此刻看似拥有的，明年不一定仍然拥有；此刻在等自己的，明天都不一定在等；未来可能会来的好事，来得太晚，好事都将带着悲凉。再纯粹的爱好，也要祭献出来，用来谋生。

一点文学的坚持，一张英语的图书，一套教育的经验，再加上一些自媒体账号，这四样东西，既一文不值，又好像价值连城。这，是我创造出来的拥有,是我全部的可能能够换成金钱的财富,是我的尴尬。

容不得矫情,因为没钱矫情;来不及痛,因为能称得上是比较自由的奋斗时日,不多了。

终究得顾及老人家,顾及父母。最是文人不自由,却也感谢已有的自由。

早则半年,晚则一年,这是我的最后期限。这一年,愿自己的文集和英语图纸能早日出版,愿家人安康,愿天下太平。

愿奔三路上的同龄人,愿奋斗路上的同路人:

多沉淀一份踏实,多谋得一些支持,多斩获一丝机会。

46　向前走，终会收获惊喜

滴答滴答，是时光的声音，一晃眼，刚过了一年，又过了一天。

头脑中，是诗和远方；现实中，则常常是苟且与偷生。

每次正月初，走家串巷的拜年，总有新的感受。

人啊人，处在不同的年龄，带着不同的心事，在年年岁岁相似的山水之间，小世界，人来了又往。

新的人，旧的戏，更朝迭代，一幕幕上演着。

一直习惯了父亲早年就长了白发，倒是不惊，不讶。而这次回家，见到当年读书少的父亲，如今写字时偶尔戴起了眼镜，第一感觉，学者般的帅；转念一想，寂寞无过于坐看凯撒大帝在儿童公园骑旋转木马，酸爽莫过于看见岁月硬生生地拽着我的眼神让我看它怎么催人老。

于是，脚步更慢，不再像往年，一伙人，走过场。这次，一个人，两个人，又安静，又虔诚，去到村子里的亲朋好友、叔叔阿姨家，左邻右舍、爷爷奶奶家，感受着这个不老的村落在这些自己熟悉的脸孔上，云卷云舒的变迁。

看似疯玩的孩子中，也长出了几个把书读好了的嫩苗。

充满朝气的年轻人，多数靠着在外面城市的奔忙，已是安身，没能立命。

五十几岁在本乡本土干活的手艺人，已开始感叹年龄尴尬得快要没有人给活干。

再上点岁数的人，则也开始思考着老年生活。而真正的祥和和对人生的淡然，多数出现在村子里八九十岁的老人家的眼神中，笑纹里。

这是小村庄里的人生，夹杂着因果，夹杂着古今。年轮它转啊转，一圈又一圈，周而复始。年华里一些家庭的大喜，大悲，时间都会把它打磨，碾成看不见的因子，飘散在好闻的晨风里。历史不会记录的平凡人、平凡事，总会在这批小屁孩们老后，新一次的轮回，新一番的魂牵和梦萦。

又是新的一年。渐渐旧去的年月里，如意与不如意，也都将随着历史的车轮的行进而远去。

许多的事情，管它苦乐，经历过来的岁月，就像是杯咱中国的茶。泡着，泡着，泡出茶香，每抿一口，化成一次修为。

在五子难登科的现实里，年轻人，抱无为之心，修有为之为；老年人，抱有为之心，修无为之为。遇见的人，其实都可以是彼此人生旅途偶尔的靠垫。

万象更新的日子走过来了，希望自己能变得真正"勤奋"起来，挤出时间去为说年青、不年青的自己的每个梦想奔忙，也挤出时间去为说自由、不自由的自己争取自由，与大家一起，诗和远方。

年轮的转动里，新年亦是旧年；

平凡的年月，平凡的心愿：愿人勤奋，愿事如意。

47　遇见一个不愚人的故事

故事发生在今天，四月一日，愚人节的下午。

故事的主人翁，是一个愚人，不是像你们这种被节日愚弄的这种愚。

故事发生在庐陵，一个圆盘旁边，一个小公园：月牙园。

◇◆

留存了他的照片，一份念想，故意不拍到他的正脸。

发现他，是因为今天阳光正好，我出去采景，采文章。

他突然从某个角落一下窜到了我的身前，真是窜这个动作。

他的嘴角像是有口水印记，吐字时嘴有点不寻常的抖动，嘴角含糊地抖，嘴边的肌肉和嘴里的话语是相同的特征：模糊不清，恰像是拍照，抖了一下光影。

他本来就是要引起我的注意，也当真引起了我的注意，他在我眼前，一米的间隔，我开始看着他，突然，他讲出了一句："给我钱，给我一元钱买面包。"很清晰，很清脆，声线竟然很干净。

看着他这个样子，想想最近的自己，虽可以当成是处在黎明前的黑暗，但已经很久没有去谋求一分钱工作收入的自己，在钢筋水泥的眼中照见的我的穷困和潦倒，大概是像极了这个十几岁小男孩的落魄，甚至夹带着的愚傻。

拿出钱包，握紧钱包，我给了他一元，皱皱的纸币。给的时候，我讲："最近我也穷，钱我给你。你不能骗钱。我们都要努力。"

握紧钱包，是因为听他说话突然清脆，怕他有同伙，怕他抢钱包，这也是真怕。越鼓，越不怕；越瘦，越是怕。

拿到钱，他也知道要放口袋。我正准备离开，却发现镜头没完。

这时，像是付了费，干脆停下来远远地观察他一会儿。注意到他嘴里含了一小片那种透明购物袋，一个碎片，含着，吐着。然后，拿在手里，去扑苍蝇，随着苍蝇，去扑更脏的东西。

我视力保护得还算好，注意到他并没有真扑下去，隔了一厘米。

突然，他起身，透明碎片放嘴里，身体晃，晃着去某个方向。

顺着他的方向，我看见了一个路过这个公园的老人家。他跟上去，凑上去，嘴里还是模糊，跟了那老人家八米，那老人回头看了他四眼，老人眼睛饱含疑惑，其实哪里有疑惑，第一眼下去，后三眼，还剩什么疑惑。

后三眼是多余吗。不是，一点都不多余。再看三眼，再疑惑三回，表示关注，表示三次关注，但也表示搞不懂对方到底是想干啥，到底是需要什么帮助，也就可以既送出了三次关心，也可以少花出一元钱。这老人家，是人精。

这小孩，更是人精。

八米，八米，八米晃着身体跟着，恶作剧一般的模糊音，声音拖得有些难听，八米的路程，八米的时间，他没有朝那个老人家说出那一句清脆动听、远不值一元的"给我钱，给我一元钱买面包"。

掉头那一刻的小男孩，多像也找人借钱时的我，晃不散的铁骨铮铮。算起来，那位老人非但没有通过一元钱的付出换得这个小孩子的动听声音，反而得到了几十秒不动听的声音。一元钱是精明地守住了，可无价的快乐，这老人家是错过了。也许，在这类精明的人眼里，这类快乐，也不是快乐罢了；不损失一元钱，是莫大的快乐吧。

再看男孩子，他继续玩着透明碎片，我微笑，招手。他愣了愣，走过来。我翻开钱包，给了他三张，一元纸币，皱的。他接下，放口袋，微笑。他说："谢谢。"我没想到他有话，用他那干净到见不到杂质的远非凡间的声音。我没接上话。

我开始关注他。他又开始语音模糊。

这时，我望天空，想去其他地方再走走，今天是出来采景。

准备离开，看见他还在胡言乱语。

顿了顿，微笑，招手，我坐在他旁边，喊他坐下，聊聊天。

"想多了解点这个人，这个十几岁的小男孩，想知道他简单的身世，想他不要年纪轻轻却天天在寻钱，想看他到底需要哪些帮助，如果是需要钱能解决的小问题，我准备好了再给五十；如果钱能解决眼前的困难，我准备好了给尽钱包里的现金，以及方案支援。不能动卡，这是我最近状态下的底线：一旦动卡，我的结局，会是那个卖火柴的小女孩。"

招呼他过来坐下的那几秒，我心里在想。

他看见我的招手，看见我的坐下，驻足，望了望四周，四周里

的两三周。那几秒,他脸上表情,很丰富,我描述不鲜明:有感激、有恐惧、有想过来、有想我走开:

我察觉到了,他想我走开,想假装不认识我。

我察觉到了,他周围有同党,而且是上级。

我察觉到了,他不想把我坑进下一层圈套。

我看见他眼神暗示我走开,我看见他看我坐下先是慌了神,看我终于会意地走开后又重新哼起了他那模糊不清、胡言乱语的声音,步伐轻快地,晃去了另一个方向。晃到公园一角落之后,约二分钟没有听到他的声音,我替他心慌。二分钟后,空气中又飘荡了那个声音。那一霎那,有种怀胎生子时,母子皆平安的欢喜感。

我和他,是四元钱的关系,四元钱的情感。

我原以为遇见这个小男孩,付出的情感,又是我想多了,像用在我周边熟悉的一些钢筋水泥身上那样,是我一个人想多了,看重了。

然而,这个男孩子让我感觉到,人与人之间的关系可以很纯粹,在这种纯粹里的付出与回报,既不求对等却又能对等,既不求温暖却又恰好温暖。

也许整个这么几分钟的故事情节,都是我的梦魇,然而在梦与现实之间的这样的一次人心往来,纯粹得让我感动。我本以为今天我是看戏的,没想到我也是戏中人。

人生也近三十载,第一次喜欢一个愚人,一个人精。每个人在这世上都有每个人的活法,然而连愚人都能如此精明,如此优雅,更是如此温暖,我们每个正常人,何不在只知道追求精明和追求金银的优雅之外,带上一丝善意,带上一丝赤诚,去感受这世间的人来人往,去温暖别人,也温暖自己,那像一元纸币般皱巴巴的心,舒展之后，将会是另一个层面的优美。

带着感慨，离开这个事，离开这个人，离开这个公园。

故事开头的那个要钱的男孩子，他那模糊的语音，哪里是真的模糊，静不下心的人懒得去听四月一日里这么一个不知真愚假愚的人的话罢了。

他一直说着的："飞吧，飞吧，飞吧……"

有点感觉这男孩子是《离骚》的作者转世。

会的，透明的物，透明的人，都有飞翔的技能，都会飞的。

像某些人假设真是愚人，我们若去歧视，谁又能确定自己不是下一个愚人。最近的自己，也像极了愚人啊。

不懂花树的人，看花，看树：不歧视，也不愚弄。花木有情，闲人不知；花树没有值得被一部分俗人歧视的低谷，人有。

论起来，世间那一部分的不美好，都将化作那一阵阵能让愚人飞起来的风。

祝愿：愿多些女人如花，愿多些男儿，如树。

提醒：不懂得尊重一棵树的人，他欣赏花，是好色，不是真爱。

48　在虚空的每天里寻找自我的存在

时间已是正月初五，陆续地，很多人即将开始上班。

钟表的嘀嗒，昼夜的交替，轻描淡写地提醒我们，岁月和日子在流逝着。

昨天和今天，好像没什么差别，明天，按正常来讲，大概也没啥新事。

能给日子打上烙印的推力，无非是不穿衣服会冷，不吃东西会饿，没地方住会落魄会可怜，不读书思考或者不行走和交友会枯燥乏味。

像古人钦定的过年，它让人们会走向团聚，给人们设定了一个某个时间要到某个地点干的事，而世人其实常常是不知道自己是在想什么要干什么，不知道自己最终要追求什么，也不知道怎么去规划周遭。

每个生命，动物也好，植物也罢，追溯到它的起源，其实都是一种被动，也是一种无解。

每个人，都没办法在出生之前决定自己是否想来到这个世界。假设说真有前生，由于某种德，或是由于某种罪，在因果的判定下，导致了此生投胎是要去做人，然而，像神话里孟婆汤这样神奇的存在，则让人在出生后，忘记了前世的修行，和此生为人的缘由。

造物的伟大，在于它把许多的因果，都放在了一个框定的时间轴里，放在了平凡生活的细节里。

我们能看见的，是细枝末节。而琐事之中，蕴藏着自然的情，自然的趣。

每天，其实都相似。一批古人在看戏，一批今人在看电视。一些国家和平，一些国家战乱。一段时间人骑马，一段时间人开车。一些物种没了，一些物种有了。一些天晴天，一些天阴雨。

对于同一天的人类这个整体而言，虽然无数眼睛见证着无数的变化，其本质仍然是前面那平凡的一天的重复。所谓太阳底下无新事，说的，也就是这么个事。

人类的行为，皆发生在带着维度的时空里。而时间，空间，真的是很奇妙的概念，看不见，摸不着，却被大家共同拥有着。

在这个时空里，一部分人在探索人心，探索自然，探索未知；一部分人则只想简单过完这一生，无为而为；剩下大部分人，夹在中间，有时想奋斗，想修身养性，有时则想随便，想随遇而安。

各有各的活法，若没有互相伤害，谁也没权去责怪谁，批判谁。

有时候，不同类型的人，在世上，心里觉得累了，反倒可以试着把自己的脚步放慢一些，去看看，去体验下不同人的不同活法，不同追求。

也许，很难闯进太多人的现实生活，所以，试着结交几个跟自己志趣不同的朋友，或者静下心来，读几本书，关于人生经历，关于生命哲学，或者关于艺术审美。

人与人，都是肉体凡胎。躯体也好，心灵也罢，虽有不同，但都相似。在别人的身上，偶尔，我们能照见自己想要存在的一部分样子，就像一面镜子，指引我们，修正自己，走向审美。

提到审美，尤其是当物质生活得到满足之后，其实，这对咱们人来讲，是来源于又超脱于衣食住行的一种前行的推力，或者说承载。

万物，它的存在，都是需要一个载体。没有了一个东西的承载和指引，人心没有根，也没有方向，容易是飘的。飘久了，心是轻浮和虚空的，也就容易找不到存在的意义，乃至开始询问一个属于哲学范畴的命题：自我，是否存在。

走到了这问题上，就像面对着一个炸弹，弄得好，能把人性深处的花炸出来；弄不好，能把人的性命弄没了。

当今，在图书、音乐以及电影之中，不乏一部分的作品在引导着人们去思考，我们是活在一个更强大的别人或者造物的梦里，还是真实地存在在这个世上？而其实，人生在世，有些问题，何必太执着。

有命，就好好活着；有心，就好好体验。神话故事里，造物已经命令孟婆，把人世轮回切成一个个零散的碎片，每个人，即便真有前世和今生，但这之间其实都是一个闭环。我们能确定真实拥有的，只是当下的这辈子。

就算眼前的这个世界是我们活在别人梦里的世界，但这是我们拥有的存在。人间的酸甜苦辣，我们至少能真真切切地去品尝，去体会。

人间许多事，是可以靠美育、靠审美来解决的。当解决温饱，或者发生好的或者坏的巨变之后，闲得发慌的人，其实都容易去思考一些哲学本源的问题，去探索自己是谁以及是否存在，从而经历一段对自己人性或者灵性的探寻时间。

灵性，其实又是更高层次的虚空，在虚空里找存在，这是在冒险，在赌博。很多时候，在人间，酒足饭饱之余，带着"追求美、发现美、创造美"的思想，人生哪有时间容我辈严格意义上的去虚度。

人，活着，就好好活着。很多的事，很多的情，要看重，也要看开。这世上有太多的人，啥故事都有可能发生，虽然都是旧事，但面对这些旧事的，却经常都是新人，迟早要学着，不大喜，不大悲。

如今奋斗是为攒钱，然而当以后哪天开始逐渐不那么缺钱了，学会在平凡生活之中发现美，创造美，这会减少日常生活的无聊，生活也因此有了根，有了方向，趣味由此滋生。

美，可以是根，可以是方向，也可以是你。

根，就是解答了"来自哪儿"；方向，就是解答了"要去哪儿"；至于"你是谁"，天地之大，任你发挥。

愿你在虚空的世界，找到属于你的存在。

愿我遇见你：更踏实、更有趣的你。

49　绑架

我，
被绑架了
一绑，就是三天
屋外，天旋地转，屋内无关日夜

饭，
没有的吃
绑架我的，看着，不像是人
只关押，不负责送饭，恍惚已三日

睡，
我想躺下
要睡会儿，也累，毕竟似人
睡不着，不许我睡着，许二小时养神

水，
倒有的喝
水果也有，面包牛奶，剩的不多
我已经隐约感觉到，今夜，我能逃出去

千万，别报警
警察不会管，不会管这件私事
不管才好
不像许多人，不是警察，却管，又不管到重点

世人，都是我的朋友，他们关心我
精确点说，他们关身我
关我的身，看着似关注，也是想关押

他们不知道：
心要飞，身，是管不住的
飞去这次绑架我的主角那儿吧

她身形透明，却是美人
她不用眨眼，已是尤物
一个师的兵力来，也不让抓，也抓不走

怕关我的人报警，我还是招一点：
是蚊子，也是文字，合伙绑架了我

也绑架了我另一位已经离去的老友

他被暗杀了,准确点说是诱杀
离去时的表情为证
这种证,也是你们不关心的证
你们爱考试,考证

说回我,
起先,绑我的她,让我写字,我就写
后来,她不让我写字,我还写
明明道破了玄机
却希望我是聋子,迷银子

我写字,我快乐,我岂能不写

写完,出去吃饭
吃完饭,回来,关押,继续写

往后,很多回,很多年
蚊子不敢再咬我,我学变色龙撒个谎
文字,她不敢再绑我

我这没心没肺的大胆狂徒,如果有心
这心,是我身的凶手

凶，而不杀
不太冷，我喜欢

来看、来读、来听我文字的你这人
如果有心，如果心也不太冷
我，也喜欢

你看我，
会拍读者马屁吧
拍得竟然还毫无水平
你可别喜欢我，应该，也不会喜欢吧

愿你喜欢你自己
愿我，喜欢我自己
天下都是自恋狂，都要多少爱惜自己的羽毛

都有物可恋，都有人可恋
尤其学会恋自己
那该，会，是，有，多好！

50　卿

约上如来来撩卿,不负如来不负卿。
如来只可约一次,不然如来也撩卿。

51　火柴天堂

喜欢清闲，最近却在奔忙。

最近来了北京，只是想在这儿待一段时间，既是为了寻找出版机会，也是为了放空自己，并非北漂，反倒，像是一场旅行，抛开压力的远行。

来之前，也和家里沟通好，给我半年莫催促的时光，莫催事业，莫催姻缘。

出门之前，卡里已不剩几个钱，先前的生意没在做了，新工作也没去找，事业单位也不想去考。最近的日子，非但没钱进账，每天还要再花一笔。花在北京的衣食起居，像极了抽血，还每天在被大量的抽。

庆幸的是，对于目前的选择和处境，却不觉得惶恐。我享受真要是哪天这个满心满眼守着文艺守了二十几年的我也可能会被现实打败之前的这份短暂的安宁，而这段时间的安宁和身心的自由，彻底让我感觉到一种难得的放空和洗尽铅华。如今在这边待了已十二天，我更明白自己的力量在哪里、薄弱点在哪里，也更明白自己今后到底是想干点什么事才更能够收获不枉此生的开心。

也许是创业惯了,当想清楚自己内心里头想要的是什么了,我也很清楚该怎么制定计划,落实到位,一步一步去争取和实现。

我知道我作为一个喜欢安静的人竟然做起了各种自媒体,去缔造和挖掘属于我的粉丝,各个平台都将要消磨我的小身板。

我知道我要趁早把我的文学书出版出来,虽然进过几家出版社的门,喝过几家出版社的茶,却还没正式去找我心中最理想的那家出版社谈定我的理想,我的虔诚。

我知道我要精心准备几场演讲,虽然我连演讲的门在哪儿都不知道,但我也要努力去造门,去破门,去而入。

我知道即便把我划归到文艺界我都是一奇葩。不想单纯考公务员、不想单纯去公立私立学校当老师、不想单纯跟着大公司打工、不想单纯做翻译做外贸、不想单纯再像当年一样通过开着培训机构来维持一个小书店。

作为一个忒不单纯的人,一直以来即便我已经算是很懂自己,却真没法足够看明白自己。对于我这样的人,极度需要照镜子,需要自省。

但愿雷不劈了我,父母不削了我,能让我继续创作。自从写成了两本完整的图书作品之后,我感觉我的创作灵感终究像山洪般被引爆了。

我知道我不是喜欢忙碌,而是喜欢清闲,所以我要让自己越忙碌,越清闲,早些把文人和剑客的生活都尝试了,早些把穷人和富人的生活都体验了,早些把自己每一个都像是白日梦般值得被打击的小理想都实现了。

在此过程中以及在此之后,希望我这抽风般的不单纯的头脑和心灵，不要再想出些鬼愿景、弄出些幺蛾子，从而让我歇歇，让我腾出更多的时间来陪伴我的家人，陪伴喜欢跟我来往的朋友。

我爱山水，更爱世人。可目前，山水更爱我。山水是我朋友，世人如我远亲。

爱我的人，尚少，然家人具象，朋友抽象，人来人往，会来看我书儿的你在，足以。

人生太多事，不过是阅历的变脸：越累积，都会越丰厚。

且不去想暂时的荷包空空如也从而成事之难，且不去担心半年之后若是世俗无情扣我以失败的帽子我该如何还击它以我最赤诚的笑脸，我都要庆幸这么些年下来我可以做了这么些个春秋大梦，要命也快乐的是，我还信以为真，围着这些个梦，上下求索。

求之若不得，将会是种苦。

好在我清醒，这些愿景是我的梦，我的玩耍。

能玩到，是我的福；不能玩到，是我的梦。

福也好，梦也好，世上这么多的人，若是就我的头脑中有这些个念想，这么些个庄周与蝴蝶，这倒也算是上苍对我的恩赐和奖赏。

最近算是在短暂地逃离，逃离原有的生活模式，高压之下已无压地闲逛，就像是一趟负债的旅行，一次谋求新生的放空。

有人说，旅行就是离开自以为是的生活，串联起以前的回忆，并以开放的态度结识日常生活之外的有趣之人。至于风景，那只是附赠品。

于我而言，平凡与否，都是种平凡。活在世上一趟，去寻找我的独特存在，去按着我心中理想国的样子来经营我的生活，这大概就是我愿意的忙碌，想要的旅行。

人生短暂,四大宜皆空;人生又漫长,四大宜慢慢空。

漫长也好,短暂也罢,种种摸不着的经历,是我看得见的烙印,是我想要的求索。每个人,在这茫茫宇宙之下,何尝又不是如此呢?

同是天涯行路人,愿你传播我的名,遇见我的书。

话说:天堂,大概是图书馆的模样。

52　存在，就是幸福

世间每个人，每件事，不过是在围绕着"存在"二字打转。

一

当我需要一段孤独透顶的时光来沉淀自己的力量，需要闭关一段时间的前夕，我仍选择主动发出消息："世界，请再给我一段孤独的时光。"

比起静悄悄地消失，即"失踪"，我更愿意偶尔选择"孤独地存在着"，这种姿态下的快乐与宁静，让我感觉更踏实。真要是玩失踪，总有人会因你的失踪而不快乐。

闭关后的第二天大清早，我会打开网络，看看哪些人给我写了留言。然后，断网、断联，动真格地，开启一个月的失联模式。

因为存在，所以快乐。

二

当你收到朋友信息，当你接到朋友电话，当你有朋自远方来：一起聊天、一起喝茶、一起吃饭时，你会开心，因为这让你知道，你存在在你朋友们的念头里、思绪里，你没有被忘记，你更不是虚无。

因为存在，所以快乐。

三

当你去购物时，当你试穿衣服及体验产品时，当有导购或是老板会注意到店里进来你这么一个人时，当你买到满意物品和得到优惠价时，当你收、发包裹或信件时，都是你可以感受外界在和你的存在发生互动的时候，都是你在感觉到自己有身、有心的时候，哪怕事后略微心疼又乱花了钱，也抵挡不了你继续购物的快乐欲望。

其实：你不是购物狂，你是快乐狂。你特别明白购物的过程能让你感受到你自身的存在感，你只是没有解锁获取快乐的其他途径。

因为存在，所以快乐。

四

当你往未来看，觉得充满压力，那是因为你的生活还没安定下来，无法知道未来的你会是什么工作，会赚多少钱，会和谁在一起。当时机到了，当你稳定下来了，当你知道了你未来会以怎样的姿态存在，你也就会更快乐。

部分人的心里还是羡慕官员职位的,其实就是看到了官员岗位有着能看得见未来存在的姿态;但我们更应该花时间理解下罗素讲过的一句话,"参差多态,乃是幸福的本源"。各行各业,各种未知,恰恰就是所谓的"参差多态",跌宕起伏走过来了再回头看,这样的人生更是充满雄奇险峻的精彩。

在这个基础上,我的处理是,理应把幸福的本源放低一些:"存在,就是幸福;参差多态,那就更该庆幸。"

因为存在,所以快乐。

五

当你往过去看,回忆你走过的辛酸,回忆小时候上学的辛苦,回忆小时候零食的味道,回忆之前遇见的错过的人,你回头,反而感觉到了快乐与美好,那是因为你能感觉到你自己当时的真实存在,你能感知到你自己的踪影参与了岁月的变迁,有那样的一个你曾经真实地存在在了时光的流逝里。

因为存在,所以快乐。

六

当你堕落、纵欲时,你终究仍然是在感知你自己身心的存在,所以你喜欢这些放纵。在放纵中,你感到快乐;这类"复印"出来的快乐过后,等待你的是自身内心层面的虚空,乃至法律层面的惩罚。

你也知道,世间万物,物极必反,能量守恒。所以,古有皇帝出家,今有商女还俗,都是一样的道理。

追求存在,更应追求健康的、符合情理的存在。

因为存在,所以快乐。

七

当你去旅游、去兜风时,当你关注名人的微博、公众号时,当你听绕梁的乐曲、看有温度的文字、赏精美绝伦的书画时,你感到愉悦,那正是因为在这个过程里,你的身和心都在穿梭和游走于这些事物之中。

这样的游走,也使得你在身心的连接与运动中感受到是自己的身心在运动,在平衡,在通往某个方向、某个连接。身与心处在运动中的这些时候,对于你自身的存在,你本人是可感的。

因为存在,所以快乐。

八

当你一个人安静时,你是自觉或者不自觉地,在倾听自己内心的存在,在倾听整个世间万物的存在。

当你一个人听风、听雨时,你会逐渐快乐起来;甚至有些时候,聚会多了,热闹久了,你会感觉到身与心的漂浮和迷失,但如果这时候,你适当停下来随意写写字、去菜园里挖几寸土、甚至只是静静地观看些身边的小动物,你都能渐渐地快乐起来。

写字与种地，都能让你看见你的双手是可以去雕刻这个世界的，是可以创造出印迹和改变的，而这些改变，恰恰是出自于你的双手，这些痕迹恰恰也让你照见你在热闹中被掏空的身体其实仍然是存在的。静观小动物，其实也是在让你自己的心灵随意漫步与放松，小动物摔一跤会牵动你的心，小动物找到了食物会牵动你的心，你会动心，这也就让你感受到了你心的存在。

这些时候，你看似孤独，但你并不会感觉孤独。对于恰到好处的孤独而言，它是生命中的礼物，它是快乐，更是力量。

因为存在，所以快乐。

九

当你在雕磨产品、提供服务，或者自我充电时，你觉得辛苦，又觉得快乐。

人在奋斗、在上进时，本身就是在雕刻。你的学业或者事业因你在雕它刻它而发生改变、发生进步；你作为雕刻的主体，你参与、察觉和感受着这些改变，你虽然辛苦，但是你能感觉到辛苦，这说明你还有感觉，你有感觉，这说明你的身心都是存在且可感的。

因为存在，所以快乐。

雕刻，出存在；存在，出快乐。

就像屋檐的水，常年滴着，在石头上滴出的痕迹，它有一种令人敬畏的美感。

也像你走过的岁月，大雨中，赤脚踩出的脚印里，如今发酵的，都是如月光般的美好。

最美的快乐,不是用几秒钟时间"刷"一下"复印"出来的快乐,它是如屋檐水雕刻石头那般,一点一滴,润物细无声的"雕刻"出来的快乐。

人来人往,世间万象。这世界里,每个你,每件事,都在围着"存在"打转。众生逐乐,却不知:存在,就是幸福。

像我,愿意用生命里精力充沛的八年,一边折腾,一边慢下脚步,一刀一锉地"雕刻"出了这本书,无非是为了雕刻自己的存在,记录存在的幸福。

若是问起我接下来想尝试什么事,无非是:谋生,亦谋爱。

我想开好我的移花书店,我想把文艺雕刻进你的生活里。

雕刻你的生活,无非也是在雕刻我的存在。

而:存在,就是幸福。

53　修短随化，死生亦大矣

这几天，连续三个夜晚，在刚进入睡眠的或前或后的那一秒，又重新弹回，没原因地醒。闭目接着睡，整晚却一分钟也睡不着了。白天虽"飘飘然"，但精神也算还可以。

可毕竟，连续三天了，同是这个现象。最近忙，且累。本能地，我开始担心自己的身体健康：是否有心事，甚至，是否命不久矣。对，真是这个担心，我担心到了生死这个层面。然而，静下来也没发现自己有什么问题。

待到第三天，早晨起来，赶早进入公众号后台，查看读者们在后台的留言。有条留言来自一位喜欢张国荣的读者，这位读者的另一个显著特征是有些佛性。

留言，恰是关于生死话题。

看到留言之后，我整个上午离不开座位，一直在打字，恨不得能抓起电话直接打过去；但有时候，文字恰到好处的绵绵之力，定是要胜过声音的铿锵。我清楚这个度。

古语说得好："骨肉缘枝叶，结交亦相因。四海皆兄弟，谁为行路人。况我连枝树,与子同一身。"

我清楚自己不是造物主,我也清楚自己是个平凡的市井小民,但我觉得,作为一个有身心的人也好,作为一个拿笔的人更是,除了谋生之外,对于这个世界,应当有某种担当。

人与人之间,它是相通的。

我很喜欢这类读者,因为他们知道自己在人间喜爱谁;我也很担心这类读者,因为他们的佛性容易使他们在爱人时爱到不知深浅,不分彼此。

世人的痛苦,主要还是苦在,不会做人。

仅知道圆滑处世,名与利拿得起,放不下,那还不是真正会做人的好境界;这种人,圆而不润。

也得承认,能圆,已经是在润的路上了;能否润,就要看这个已经圆的人,是否有一颗想润的心。终究,形形色色的人,道路相同,人不同,志也就不同。

也许,气色与气质、对内与对外、由心到身、由形到神的好看、耐看,才是做人的好境界。

来这熙熙攘攘的世间一趟,做人,既要兼顾世俗外在,但主要还是做给自己看,做给自己内心去感受。

人生在世,状元榜眼探花们难解的题,正是叫"身心与名利"。

有些人会感慨活着累,其实,那是太把自己当人看了。把自己看成草木,或者和草木去对比,去学习,多好啊。你听,河流有声,草木无言。但是你看,桃李不言,下自成蹊。

有嘴巴,能发声,这就已经是此生为人的万千种幸福中的一种了。

做人呢,要看到做人的好;做草木呢,要看到做草木的好。这样,才快乐。快乐，才好。

在合情合理合法的范围内，如果以快乐与否，来作为检验价值观正确与否的标准，那么诸多世人的不快乐，很大的原因则在于价值观不够正确。

你们人类啊，（哈哈，我不是人），总在心里藏着掖着地做着名利的梦。难得某些时刻能看透一点，嘴里开始说着不图赚大钱发大财只图平安平凡，那基本么是你对自己赚大钱的梦绝望了，要么就是你亲近的人的身体出问题了，极少是你的钱真的赚够了。但，即便当你已经这么想要平安，想要平凡，你以为终于看透，其实还是没看透，不然为啥你脑子里仍然被"穷富"这些概念占据，感受不到时光滴答的幸福、呼气与吸气的快乐。

所谓看透，不是要你看透在世间，不要名不要利，不是的；恰恰相反，名利，一定要，一定要把握好这个度。所谓，道可道，非常道。到了"度"这个层面，因人而异，每个人得自己去参悟破。我已经道不破了。即便能之所至，道也在那约束。

做人得明白：有一副皮囊，且不管健康与否，这就已经是快乐；若这还是一副健康的皮囊，那就更应该是难得的快乐。把快乐的标准，实实在在地去放低，这样在世间，看见啥，遭遇啥，都会是种快乐。

皮囊与金钱比：金钱易得，皮囊难得。一定要明白这点。

世上也有那么一小撮人，在某些个神经搭错线的时刻，产生轻生的念头，不珍视自己的皮囊。说到底，也是没接触过"有皮有囊，就已经是快乐"的这么个扶氏生命第一定理。

即使没听过不知哪块石头里冒出来的这么个我的这么些个定理，那好歹也听过"能量守恒定律"吧，即："孤立系统的总能量保持不变。"说人话，就是：能量既不会凭空产生，也不会凭空消失，它只会从一种形式转化为另一种形式，或者从一个物体转移到其他物体，而能量的总量保持不变。

能量守恒定律是自然界普遍的基本定律之一。我想说的是，它不是仅仅适用于物理和化学领域；它还适用于每个人对自己生命的处理方式。

按照这个定理：你若提前说再见，亲人将代你受过。若亲人都已经没了，自然规律也不会轻易放过不珍惜生命的某个你。

愿每一个有良心的世人，在年岁到了，面带微笑，和谐地离开。

愿不要总有那么一小撮人，不珍惜皮囊，"死"字嘴边挂。战争年代那些带着情报被抓后求生不得、求死不能的英烈，要是能换成不懂得珍惜生命、珍惜皮囊的人在那儿替死，多好啊。

人，终有一死。感谢这是一个和平的年代，需要的是你好好活着，即便不为家国做贡献，那为了对得起咱每个人不知道从母亲那儿还是从造物那里借来的这副皮囊，也该好好活着，好好保护。弄脏了，弄破了，母亲会不开心，造物更是会惩罚你。

人在世上，要有公心，更要有私心。私心，支撑公心。

为了每个私人自己的生命体验，活快乐来，活完整来：既要品尝过喜怒哀乐，看过阴晴雨雪，听过高山流水，也要看过冬去春来，云卷云舒；尤其建议要好好地看一看当你幸福的老去时，闭眼那一刻，轻生者永生看不到的，天堂的模样。

轻生者，心里不正是误以为人间是地狱因而想早点去天堂吗，但好歹也得知道天堂的门在哪儿，千万别走错了门。

生和死，生在帝王与百姓家，皮囊都是平等的。连课本里都明确地道出了"王侯将相宁有种乎",你有皮囊,有双手有大脑你能奋斗你还怕跟谁之间不能是平等,在享有基本人权的情况下,在这个俗世去追求适合你能力范围的名和利吧,去享受不管钱多还是钱少都能享受的"仰观宇宙之大,俯察品类之盛"里的天上星河、清晨阳光、河边芦苇、行人花草、家人友人带给你的各种简单平凡的小快乐吧;但,死则不然,珍惜生命与不珍惜生命的死,这是两码事。在尊重生命的范畴下的生和死,是伟大的平等。不珍惜生命的死,那是抱着想平等、想快乐的心,去种下了不平等、不快乐的因果。

时刻谨记,完整的生命体验,是每个人来这个世界一趟,都有机会均等地享受到的福。

所谓:添福添寿,也是天福天寿。

王羲之《兰亭集序》的"修短随化,死生亦大矣",翻译成白话就是:

生命的长短,那是随造化;但,死和生,都是大事。

生死面前,一起沉默,或者,一起呼吁吧:

敬畏生命。

54　活在自己创造的生命状态里

　　清晨醒来，屋外，小鸟们在叽喳。

　　翻开历书，查了查昨晚的梦。不为了相信，而是为了参照，就像是询问一个不再有太多交集的老友，对于自己未来的无常变迁，有啥想法。

　　灯亮，阳光进来，纸笔进来，还是选择再躺会儿。舒服的姿势，惬意的外衣，尽管生活中总有压力，人总要学会放松，不是吗。

　　遥想过去的那一年，每天早晨陪着自己一同醒来的，还有一只小黄鸟儿。我睡得晚的时候，它会先打起瞌睡，一会儿发现主人还没睡，它常会带着抱怨的嗓音，一声声隔开而有力地叫着，真像是在催你该睡觉了；有时懒床，它则不敢大声叫嚷，只是偶尔小声嘀咕；一旦开灯，它便惊觉，先是伸伸腿，舒展舒展翅膀，再是啄点食物，紧接着，便唱起了它早晨的歌儿；一天之中，它心情不同，叫声也不同，荡秋千的玩法也各异。

　　然而，好久没听到小黄的声音了，屋外的鸟儿则越来越多了。生命，就这样周而复始。小黄走了，终点，桂花树下。起，睡；睡，起；半年过来了，半年没有小黄的声音。

逐渐，不认识的鸟儿，也会飞到我的窗台，到纱窗上，到花草上，踩出声音，像是叫我起床，像是小黄派她们来的。

岁月里，旧爱与新欢轮回打转，旧爱，多；新欢少。伤心，已经很淡，怀念呢，会更厚重些。想当年，也曾情真意切，真切得像是在演戏；现在，不刻意不强求了，开心反而也变得更真实。

人与物，都是由经历堆起来的吧。小孩童真，是堆得少；成人深邃，是啥世面都堆过，积过。世人记得深刻的追忆，无非是辜负、遗憾与忏悔。该发生的，总会发生。哪里是辜负，哪里又是遗憾，不过是时间里，空间里，风吹与草动，飞的情，走的寿。

成长这件事本身，更像是一场漂流，一场探险。

无缘无故，人就出生了，带着父母的性情，父母的背景。

出生之后，世俗的法则，就开始赋予这个婴儿以缘，以故。故，是骨肉的亲情，连心的命理；缘，是这一世的遭遇，这一世的自救。

人在成长的路上，会想要指路人，想要导师。难得有导师，你没有，我也没有。看得比较透的长者，不再好为人师；看不透的人，操心自己的名利，懒得操心你的成长。那么多个你，和你邻居和你朋友相似的你，即便想操心，也操心不过来。

何必求着要指路，何必担心没贵人。世间特别不缺的是：遇见和交织。人的一生，亦如织布。用蚕丝能织出坏衣品，用草木也能织出巧衣裳。遇见草木之心，基本是遇见半个贵人；贵人们基本也没空在细节上来帮你，但一定能在你人生中最需要放慢脚步、清静和内省的时候，作为你的镜子，你的靠垫。

人生在世，挺无趣，又挺有趣。无趣是源于静止；有趣，则是源于躁动，一种为抵抗无趣、抵抗虚空而萌生的不安与跳动。

人在行走，在穿梭的过程，也是在感受自己存在的过程。理想，是一个人前行的发动机，而品味则是燃料。此两者合在一起，指引着人，走向审美。无审美的人，再怎么圆滑地去掩饰，基本也是无情、无趣之人。而品德，则是在一个人追求审美的过程里，约束这个人，规范这个人。

偶尔，留出一些时间来，不急地行走，慢慢地生活。观察自己最亲近的人，我们会发现自己最真实的缺点，在他们身上都有映射，这镜子，真是透亮。随后，静静地调整，慢慢地打磨，就像在雕琢一件木制的玩意。万千人当中，慢慢地，你也就有了自己的模样，自己的独特存在。

世间万千人，万千物，都是一个统一体，谁又真的是异类呢。

年轻人应当与这个世界多握握手，交交手，摸世界的脉的同时，也是在感受自己的脉。长辈看来这或许是言战，晚辈看来这也是言和，每个长辈，不也都经历过来了这样的青春吗。

找到自己的独特，再接着，找到自己的同类。在这个找平衡点的过程中，身心也都在走向和谐。所谓的异类，无非是视野受阻，还没找到自己同类的这么一个人，一件物。往大了说，世间万物，其实，都是同类啊。

人生缥缈，终需要结伴而行，有自己不排斥的温度与自己共生，也才会有机会领略到这个世界的和谐之美。不需要把每个远方的人都变成朋友，知道世间也有自己一类的人，就已经是一件美事；走近了，则有破坏美的可能。毕竟，有肉身者，皆凡人。

善和恶，既存在于别人那里，也存在在你那里，我这里。每个人，也都有着自己的善恶。所谓的修行，无非是在善恶之间，找自己的平衡点。在找平衡点的过程中,我们又不断地调整,不断地修整自己。站在某个点,我们如果感到快乐,且又不会妨害到别人,也就选择了那种姿态。

老实说,我这人,也曾干过坏事,体验过坏事。

曾在大街广众之时捡了一张又一张躺在地面但路人竟然都看不见的大钞因不知道该还给谁而犒劳了自己,曾把别人家刚种不久但是长在杂草丛中的豌豆苗都给拔了因误以为那是好看的野花,曾因一些人墨水的味道没选好而没让那些人做笔友。

经历的美好与黑暗,都要融化到文字里,才有文字该有的真实触感。我写人世,诚然,也曾近距离观察暗黑与邪念,灯红使我晕眩,酒绿使我清醒。绿色的植物大体都好看,绿色的人脸则基本都不好看。

当然,每件有心、无心的缺陷事,我都逐一遭到了报应。这还真就像是种豆、种瓜。有些果,恰好和最初撒在土里的因,是对等的体量;而,更多的果,是硕果。

每个前因,映照一个后果。这也加深了我面对万物时,对于其中的因果,除去敬,还真,有畏。

然而,肉体凡胎,半生为人,适当的小坏,可以偶尔有,还会继续有。物极必反和张弛有度的道,也就藏在这里边。我的开脱之词是:敬畏之下的喘息。

抵抗过诸多的恶,然后弃恶;体验过诸多的善,然后为善。经历过来了,木心安慰说:"走在正道上,眼睛看着邪道,此之谓博大精深。"

可想想啊,自从遇见了这个人,就没替我讲过几句好话。但再想想,他是他,我是我;我中有他,他中有我。他骂我,何尝不是在骂他自己。

怕木心，出于心，心里觉得他许多话说得挺对，所以怕；怕家人，出于身，身体发肤，受之父母，要敬畏。其他，好像极少有怕的了。

渐渐地，更明白木心有时也讲俏皮话，讲反话；也逐渐清楚，每个父母本质上，无非是希望自己的孩子身躯能健康，内心能快乐。怕的，畏的，也就逐渐回归，是自然，是生命，是自身。

因为敬畏，所以时常自省。我有时会适当地闭关自己，这意味着我可以短暂地隔绝世俗的喧嚣。而谋生在人山人海的这个世界，其实哪还有严格意义上的闭关可言。我闭关时，不避世，世会避我。

但丁，会在这时来给我演奏神曲，如泣如诉的把我催眠；梦中遇见庄子，骑上大鹏，与世无争的遐想；《诗经》会邀我配乐，鸟儿都会被吸引到我的窗前，偷学我的乐曲；屈原会约我舞蹈，蝶衣羽裳，绝代芳华；王侯将相也会忘记他们的地位，深夜敲门，来给我献计献策，还有什么比这更美妙的呢。我这是属于：闭关时，脑子被门夹过之后的意乱情迷。

然而，越是美好的东西，越不可多得。也是因此，闭关不宜久，更不宜真闭。死亡是真正的闭关，也可能不是，这是几十亿人没一人能有标准答案的事，这里面藏着无尽的虚空。

艺术是以欣赏的姿态面对虚空，宗教是以信仰的姿态面对虚空，最懂得明哲保身的，是哲学本身，它是解铃人，也是叛徒。

年轻人要适当看一点哲学，老人家要多看点艺术。宗教，可以当哲学来看；哲学，可以当艺术来看；艺术，可以当成宗教来看。相互交融，各留距离，出来美感，出来敬畏。会有审美，会有敬畏，这样的生灵活在世间，也才称得上是完整的：人。

回到生活层面，文字、音乐、绘画，这三样东西，至少取一样爱。去记录，乃至，去雕刻，错不了。

人类都知道要服务于嘴巴的吃喝，殊不知也应当利用自己的手和大脑，适时的去服务于眼睛、耳朵，这样，一个人生理和心理的有机体也才达到了平衡。

眼睛和耳朵这类从生物构造角度来讲算是比较封闭的器官，它却离心灵更近；嘴巴和鼻子这类算是比较开放和畅联的器官，恰好则相反。

拿音乐来讲，更是妙在，它甘愿通过自身的消失，来以此构成一种艺术形式。也因此，它离死亡的真谛更近。所谓的舍生取义，大抵就是如此了。

死亡面前，人人都豁达；钱权面前，众生狭隘。站在今后看今天，眼前这些林林总总的遭遇，无非是整个旅途的点缀。人生想要通透，基本功也就在这了。

别指望别人怎么样，别指望邻居怎么样，多几个人打理好自己的文艺，听自己喜欢的音乐，看自己喜欢的书，去自己喜欢的地方，见自己喜欢的人，多美，又多简单的事啊。退一步来讲，喜欢自己居住的地，喜欢自己身边的人，这都是无须另外花银子的事。人在江湖，身可不可以由己就该是自己说了算，当然，人要适量地带着慈悲之心，照顾会因自己而心疼的人的感受。

看自己追求的是什么，选择符合自己的路，也留心路边的参考标志，走下去：绳锯木断，水滴石穿。都可以断，都可以穿，看你愿意磨损多少绳，看你愿意流下多少滴汗水罢了。大自然里有周而复始的草木让你编绳，天地之间也有循环往复的水汽来给你补充能量。世界的公平，宇宙的善意，这里是可以体现的。

每个凡人尽可能把自己弄成自己喜爱的样子来，名利随心，多几个旁人可能也就跟着走来了；一群人加在一起，不就构成一个世界了嘛。所谓熏陶，大体也就这么回事。

人在世间离不开财富，离开财富皆会饿死。但名与利是外界的东西，身与心则是一个人本身和内在拥有的东西。被牛牵着走甚至拖着走的人，看上去好像能偷到一点懒，但鞋子也就渐渐磨破了，终究需要自己额外的去增加劳作，去赚到钱来，弥补鞋子的破损。再看看，牵着牛走的人，那份简单的快乐，是能穿越时空的，古代的影像画面这不就要出来了，嘘：牧童骑黄牛，歌声震林樾；意欲捕鸣蝉，忽然闭口立。

快乐的人，小到牧童，闪光到尼采、凡·高、木心，这些人，都是懂得从平凡的世界里，抓取美的来源；也都是在自己的身上，或多或少地克服这个时代。直白一点来讲，那正是在自己的身上，雕刻属于自己的独特存在。

在雕刻自我的人都是在找寻内心的快乐，所谓的众生皆苦，苦的是没有独特存在的人。你自己不适当主动地去雕刻自己，你在人群中你只看到人群，你看不到你自己的内心对于你的肉身的陪伴，你的这一生也就少去了许多的快乐。

大千世界摆在那里，主要还是给世人看的，谁人又能真正独自占有？遇见美景和名画时就想着这不是自己家的，也就不去静心欣赏，美景是你家的庭院，你也会天天待在屋子里，名画是你家的装饰，你也会拿去卖掉换成仿真画。

耳听声乐，眼看世相，所谓熏陶，是吸气，是不留痕迹地雕刻。

创作的过程，是呼气，那是自己拿起锉刀在雕刻。爱文的人是在雕刻，爱酒的人是在雕刻，爱财的人也是在雕刻。

世界正因为有了万千人、万千雕刻的共存，才显得参差多态。参差多态，世界多元，才好玩。

用心、用情雕刻出来的东西，岁月弥久，芬芳越醇。那些最浑厚，最悠远的快乐，也就藏在你雕刻出来的性情里。

不必担心不懂琴棋书画这些艺术，我也不懂。但我知道，人生，即艺术；艺术，即人生。总会在某些个时间点，你不去找艺术，艺术也会来找你。当你感觉虚空时，也就是你处在艺术的边缘时。因为虚空，所以要找存在。

存在，可以在别人的身上照见，尤其是在别人的作品中照见。但这，是映照，是转瞬即逝，是失衡；要在自身向前行走创造的存在与经历的往事记忆之间求衡，终究需要自身去记录。一面是前行，是雕刻，一面也是在记录，在平衡。

未来与过往平衡，身与心平衡，简单的快乐，也会长久弥漫。

然而，在自己雕刻的生命状态里，人会看见世界的另一种荒谬：存在，即是虚无；虚无，即是存在。

解药：往前走，遇见虚无时，回看自己曾经雕刻和记录的存在；回头看，遇见存在时，在眨眼和闭眼的一念之间，想想：存在即是虚无。

在纸醉金迷的虚无里，继续寻找，继续雕刻。

活在自己创造的生命状态里，也敬畏万物背后的因果与灵性。

会了心的人，闻闻书儿，虚虚实实之间，抬头看天，微微一笑。

后记

要想在宇宙间不易被风吹散,
就该在虚空的世界里雕刻自我的存在。

存在,也是虚无。虚无,藏着快乐。